サリエリはクラスメイトを二度殺す

額賀澪
Nukaga Mio

双葉社

目次

装画　おと
装丁　坂野公一＋吉田友美（welle design）

サリエリはクラスメイトを二度殺す

第一章　四年後のサリエリ

◆石神幹生

地下鉄を出た瞬間、セーヌ川を吹き抜ける北風が耳たぶに染みた。

カラリと乾燥した風が石造りの建物に跳ね返り、石神幹生《いしがみみきお》のうなじをくすぐる。コートの襟を立てて、石神はセーヌ川沿いを目的地に向かって急いだ。

パリに留学した中学時代の知人が、「パリはどこもかしこも、日本人が雑に想像するパリそのものなんだ」と話していたのを思い出す。確かにそうだった。誇らしげに肩を並べる白亜の花屋も古本屋もフレンチレストランも、川の向こうに見える聖堂のたたずまいも、道行くパリジェンヌのスカーフのはためきも、石畳の割れ目一つ取っても、石神が子供の頃になんとなく「美しい街らしい」と想像したパリと寸分の狂いもない。

側《そば》のベーカリーから香ばしいバターの香りがした。ショーウインドウ越しに、黄金色のクロワッサンが山積みになっているのが見える。クロワッサンはマリー・アントワネットがオーストリアからフランスに持ち込んだという話は、誰から聞いたんだったか。

シャトレ座は駅から歩いてすぐだった。アーチ状の巨大な窓ガラスに、十一月の乾いた空が綺麗に映り込んでいた。

背後のシャトレ広場の噴水にも、ナポレオンの戦勝記念碑にも目もくれず、石神はシャトレ座に足を踏み入れた。エントランスに、今日開催されるピアノコンクールの看板が出ている。

予選とセミファイナルを勝ち上がり、ファイナルに進出したピアニスト達の名前が、写真入りで紹介されていた。

二人の日本人の名前を確認して、石神は客席へと続く大階段を上った。大理石でできた階段は、真っ赤な絨毯越しでも足音が冷たく響く。

会場内には日本の音楽ライターらしき姿がちらほらとあった。客ではないのが、視線の鋭さからすぐに同業者だとわかる。この空間でこれから起こることを、砂粒一つ見落とさないという意気込みが宿った目だ。

似たような雰囲気をこちらもまとっているのだろうか。すれ違いざまに石神と目が合うと、

「この男は何の取材で来ているんだ?」と向こうは一瞬だけ視線を泳がせた。

記者は記者でも、こちらは週刊誌の記者だ。どう気取っても音楽ライターの顔はできない。芸能人のスキャンダルを追いかけ、ときどきジャーナリズム精神に目覚めて政治家の汚職を追い、攻めたグラビアとセンセーショナルな見出しで読者を誘惑するのが仕事。似合わない場所に来ている自覚は充分にあった。

劇場に入り、暗赤色の座席に腰掛けて天井のシャンデリアを見上げたら、さすがに感激するのではないかと思った。ところが、頭上から照りつける金色混じりの光にも、劇場全体からただよう甘い香りにも、不思議なくらい心は揺れ動かなかった。

次々と観客がやって来て、席が埋まる。審査員席の周りだけが、ぽかりと穴が開いたように客がいない。あと十分もしたら、あそこに偉い偉い先生方が来て、ステージで演奏する若手ピ

アニスト達を審査する。彼らの言葉一つで、出場者の人生が変わる。時として、命を奪う。

石神は豪奢《ごうしゃ》な天井を見上げたまま、ゆっくりと目を閉じた。

今日のコンクールに出場する二人の日本人ピアニストがかつて遭遇した二つの殺人事件について、シャンデリアの光を瞼に感じながら、今一度考え直すことにする。石神の胸の内に反して、光は温かだった。

遡《さかのぼ》ることおよそ六年前、東京の吉祥寺《きちじょうじ》にある名門音楽大学・朝里《あさり》学園大学と、その附属高校が合同で行う卒業演奏会で、高校生がクラスメイトを殺害する事件が起きた。石神が記者を務める「週刊現実」は、この事件を「サリエリ事件」と名付けて報道した。

その四年後、同じ朝里学園大学の卒業演奏会で、大学生が大学生を殺す事件が起きた。かつて殺人事件が起きたのと同じ場所で、同じ卒業演奏会で、また人が死んだ。

日本中がこの事件を「第二のサリエリ事件」として騒ぎ立てた。殺した大学生も、殺された大学生も、「第一のサリエリ事件」の関係者だったからだ。

そして石神もまた、この事件の——サリエリの因縁の渦中にいる。

◆桃園慧也

「卒業、演奏会……」

自分の語尾がかすかに上擦っていたことに、だいぶたってから桃園慧也《ももぞのけいや》は気づいた。ピアノの蓋に置いた両手を動かすこともできず、目の前にたたずむ高木《たかぎ》先生をただ見上げ続けた。

グランドピアノが二台あるだけの殺風景なレッスン室で、動揺を誤魔化せるわけもなかった。

「そういう反応をすると思いました」

口周りに生えた白毛交じりの髭《ひげ》を撫でつけながら、先生はピアノの椅子に腰掛けた。

「卒業試験も無事に終わって、先週末の教授会で卒業演奏会に推薦する学生が決まりました。ピアノ科からは六人推薦されますが、その中に桃園君の名前があります」

「はあ、そうですか」

それはよかったです。光栄です。そう続けようとして、声が擦《かす》れてしまう。くそ、何だよもう。ぼやきたいのを堪《こら》えて、胸元を拳でトンと叩いた。

慧也が在籍する朝里学園大学は音楽学部のみの単科大学で、ピアノ科を始め、弦楽器、管楽器、打楽器、声楽、作曲、指揮、古楽器と、さまざまな方法で音楽の道を志す学生が集まっている。大学で四年間学んだ学生は毎年一月の卒業試験に挑み、そこでの成績優秀者のみが参加できる卒業演奏会が、三月に学内の音楽ホールで開催される。

通称「卒演」と呼ばれるこの演奏会を目指して、卒業試験に臨んだ。大学四年間の集大成として、腹を決めて、目指した。

なのに、いざ卒業演奏会に推薦されるとなったら、この有様なのか。

「どうしますか」

「そりゃあ、出ますよ。卒演なんて、誰でも出られるわけじゃないし、辞退する理由がない」

「僕の教え子でも、今年は桃園君だけです。僕としてはぜひ演奏してもらいたい。卒業試験での君の〈バラード第4番〉は、とてもよかったから」

高木先生はメレンゲのように穏やかな性格の人だ。ただ、演奏の評価に関しては決して手心を加えない。その先生からの「よかった」は、間違いなく嬉しかった。

「ただ、君の気持ちはそれとは別問題ですから」

演奏会の日付と、当日までのスケジュールを簡単に伝えられ、この日のレッスンは終わった。

「出るか出ないかの返事は、明日まで待ちますので」と微笑む先生に送り出され、慧也はレッスン室を後にした。顔見知りの後輩が、外で次のレッスンを待っていた。

五階から地下一階まで、レッスン室やスタジオ、練習室がぎっしりと詰まった校舎はどの部屋も防音が効いているのに、廊下を歩いているとあちこちから音が聞こえる。防音ドアと分厚い壁の向こうで、誰かが鍵盤を叩き、弓を引き、マウスピースに息を吹き込むときに生まれる熱が、音楽をやる人間の耳には音になって聞こえるのだと思う。

校舎の外は寒かった。練習室の予約時間までカフェテリアにでも行こうと中庭を歩いているうちに、何故か足が別の場所に向かっていた。

行ったって気分を悪くするだけなのに。そう思いながらも慧也は足の赴くまま、キャンパス内の音楽ホールを目指した。

モーニングホールと名付けられたホールは、それなりのレベルのコンサートを胸を張って開けるだけの規模がある。千二百の客席に、舞台の正面には巨大なパイプオルガンもある。

イベントも何もない日のエントランスは寒々としていて、重い扉を押し開けても客席は無人だった。学内オーケストラの定期演奏会の打ち合わせだろうか、ステージでは数人のホールスタッフと学生がうろうろしていた。

天然木で作られた天井はピラミッド形に尖っていて、壁は寄木細工のように木材が組み合わさっている。凸凹《でこぼこ》した側壁をオレンジ色の光が照らし、黒々とした影を落とす。音が綺麗に広がる設計を追求し、音がよく響く材質の木にこだわり、客席の数や壁や天井の角度まで計算され尽くしたホールには、奏者と一つになろうという意気込みが感じられる。

吸い込んだ空気と、鼻の奥に滲むほのかに甘い香りにすら、音響学と建築学の鋭い気配が感じられて、自分が巨大な楽器の中で息をしているのがよくわかった。

こんな場所でかつて殺人事件があったなんて、信じたくもない。

客席の一角に腰を下ろし、慧也はステージを睨《にら》みつけた。溜め息をつきそうになったとき、背後でホールの扉が開いた。

見知った顔が入ってきて、慧也は息を呑んだ。

相手は先ほどの慧也と同じように、ステージを睨みつけたまま、鼻から大きく息を吸った。眉間に小さく皺を寄せて、忌々《いまいま》しさと痛みを無理矢理呑み下すような、そんな顔で。自分もきっとこんな顔をしていたんだろうなと、彼女の横顔を見上げたまま慧也は思った。

「ツバメ、どうしたの」

声をかけると、羽生《はにゅう》ツバメは色素の薄いふわふわの髪を揺らして、「おおうっ」と大袈裟に飛び上がる。身長百七十センチ近いのに、動きはちょこちょことしていて小動物っぽい。高校生の頃から、彼女はそうだった。

「慧也君じゃないですか。何してるんですか」

そして何故か、同級生にも後輩にも、敬語を使う。本人曰《いわ》く、「初対面からタメ口って使いづらいじゃないですか。だから最初は敬語で話し始めて……切り替えるタイミングをいつも見失うんです」ということらしい。

「卒演に出ることになったから、ちょっと考えごと」

それだけ言えば、ツバメにはわかってもらえるだろう。朝里学園大学附属高校の音楽科で三年間を共に過ごし、同じ大学に進学した仲だ。

今からおよそ四年前にこのホールで行われた附属高校の卒業演奏会にだって、慧也とツバメは参加した。

「そうですか、おめでとうございます」

ちっともめでたくない顔で言って、ツバメは通路を挟んだ客席に腰掛けた。

「ツバメも推薦されてるでしょ?」

「わかりません。このあとレッスンなんですが、錦《にしき》先生には終わってから話があるって言われてます」

それは間違いなく、卒業演奏会の話だろう。それも、彼女の場合はただ「推薦された」というわけではないはずだ。

「ツバメ、卒演のトリなんじゃない？　ピアノ科の連中はみんなそう噂してるけど」

「だったら嬉しいですけど……どうでしょうね？」

とぼけてみせるが、腹の底では自分がトリだと確信しているのかもしれない。卒業演奏会のトリは、卒業試験で最も成績がよかった学生が選ばれる――つまり、今年卒業する代の首席ということだ。

「俺も首席はツバメだと思うけど。実力云々《うんぬん》もそうだけど、実績だって文句ないし」

高校時代からコンクール実績のあった彼女だが、大学に入ってからの歩みは華々しかった。大学二年のときに日本音楽コンクールピアノ部門で一位になったのを皮切りに、海外のピアノコンクールで入賞実績を積み上げ、一昨年に満を持して出場したチャイコフスキー国際コンクールではセミファイナルまで進んだ。ファイナルに進出できなかったことをツバメ本人はたいそう悔しがったが、彼女の落選は聴衆の間でも波紋を呼んだらしいから、ファイナリストになってもおかしくない腕前だったということだ。

「でも、もし私達が卒演に出たら……『縁起でもない』なんて言われちゃいそうですよね」

「また卒演の真っ最中に殺人事件が起こるんじゃないか、って？」

はっきり言葉にしたら、ツバメの頬が強ばったのがわかった。

「ま、そうなるよな」

毎年三月にこのホールで開催される卒業演奏会には、附属校の音楽科の成績優秀者も参加する。かつて、慧也もツバメも、附属校の生徒を代表してステージに立った。大学生と並んでも恥ずかしくない演奏ができるだろうかという気負いと、やってやるという意気込みを両手いっぱいに抱えて、目の前の巨大なステージでピアノと向かい合った。

そんな中、あの事件は起きた。

「雪川《ゆきかわ》君が死んじゃって、もう四年になるんですね」

ツバメの言葉は、ステージに向けられていた。慧也にではなく、このモーニングホールそのものに語りかけたのかもしれない。

無理もない。四年前、ツバメがステージでドビュッシーの「喜びの島」を演奏している真っ最中に、自分達のクラスメイトである雪川織彦《おりひこ》は死んだのだから。

雪川織彦も、卒業演奏会の出演者だった。それも附属校のピアノ部門のトリ——首席だった。あの日は、ピアノを専攻する附属校生六人がステージに立つはずだった。慧也は二番手、ツバメは四番手。控え室で出番を待っていた雪川織彦は、演奏を終えたクラスメイトにカッターナイフで首を切りつけられて死んだ。事件はそれで終わらず、加害者は廊下にいた五番手の生徒に襲いかかり重傷を負わせた。

加害者は、慧也とツバメの間に演奏した三番手の生徒だった。

「恵利原《えりはら》がいなくなって、もう四年になるのか」

久々に加害者の名前を口にした。彼だって間違いなく高校三年間を一緒に過ごしたクラスメイトだったのに、「恵利原」と声に出すと、クラスメイトではなく加害者の名として響く。

ツバメは俯《うつむ》いていた。自分が気持ちよくドビュッシーを弾いている最中に、舞台裏でクラスメイトがクラスメイトを殺した。その事実が彼女の中でどんなふうに残っているのか、直接聞いたことはない。

ただ、もし自分だったら……俺がショパンの〈バラード第1番ト短調〉を弾いているときにあの事件が起きていたら、二度とショパンを弾くことはできなかったんじゃないか。

「ツバメってさ、あれ以来ドビュッシーは弾いてるの？」

「弾いてますよ。先生から課題でも出されますし」

「そうなんだ」

当然のように頷いた彼女に、今度は慧也が言葉を失った。右頬がぴくりと痙攣《けいれん》した。

名前の通り、鳥のように軽やかで賑やかで、ちょっと騒がしくて、天然とか天真爛漫《てんしんらんまん》とか、そんな言葉がぴったりだと高校時代から思っていたけれど、彼女は芯のところが鋼のように硬い。少なくとも、慧也よりはずっと。

「私達、結局この四年間、ずっとサリエリ事件の関係者のままでしたね」

「そのサリエリ事件って呼び方、やめない？　途端に陳腐に聞こえるじゃん」

事件の正式名称は「朝里学園大学附属高校同級生殺傷事件」だが、週刊誌が勝手につけた「サリエリ事件」の方が圧倒的にキャッチーで、誰もがあの事件をそう呼ぶようになった。

十八世紀に神聖ローマ皇帝・オーストリア皇帝に仕える宮廷音楽家として活躍したアントニオ・サリエリは、数多くのオペラを残し、ベートーヴェン、シューベルト、リストといった名音楽家を育てた。偉大な音楽家であることを、今に至る音楽の歴史が証明している。

だが不運にも、同時代にはモーツァルトがいた。生前から「モーツァルトの才能に嫉妬して毒殺したのではないか」と噂を立てられ、二人の対立を描いたオペラや戯曲が作られた。一九八〇年代にはサリエリの嫉妬とモーツァルト殺害を描いた映画が大ヒットして——サリエリは完全に「モーツァルトへの嫉妬に狂った醜い人物」になった。

「朝里学園大学附属校の生徒が起こした殺人事件で、加害者の苗字が恵利原で、死んだ雪川が卒演で弾く予定だったのが『ラ・チ・ダレム変奏曲』だったからだろ？　音楽に詳しくない奴が『いい名前を思いついた！』って得意げにつけた感じがして、大嫌いだよ」

卒業演奏会のプログラムは大学と高校のホームページに掲載されていたから、被害者の名前も加害者の名前もすぐに知れ渡った。

殺された雪川織彦が用意していた「ラ・チ・ダレム変奏曲」はショパンの作品だが、正式名称を〈モーツァルトの「ドン・ジョヴァンニ」の『お手をどうぞ』による変奏曲〉という。被害者がモーツァルトに関連した曲を弾こうとしていたと気づいた週刊誌の記者の嫌らしいしたり顔が、目に浮かぶ。

「確かに、サリエリって可哀想ですよね。彼レベルの地位にいた音楽家がモーツァルトに嫉妬して毒殺だなんて、ちょっと音楽を勉強すれば有り得ないってわかるのに」

そんなこと、世間はお構いなしだった。朝里学園大学附属高校同級生殺傷事件はサリエリ事件と呼ばれ、卒業演奏会に参加していた慧也達はサリエリ事件の関係者になった。

附属校を卒業し、大学に進学してからも、それは変わらなかった。初めて会う教員、学生、先輩、後輩……みんな、慧也の年齢と、附属校からの内部進学生であることを知ると、「ああ……」とこぼす。重たい沈黙の中には、「じゃあ、サリエリ事件の代の人間か」という呟きが溶けている。

「本当、居心地の悪い四年間だったよ」

「慧也君、卒業後はパリに行くんですよね」

「ツバメだってモスクワ留学だろ」

日本から脱出するんだろ？　互いの言葉の裏に、互いの本音が隠れて聞こえた。それの何が悪い。四年も「サリエリ事件の関係者」をやったのだから、もう普通に、ただ音楽を志す若者になったっていいだろう。

不思議と、そこで会話は途切れた。重苦しい沈黙の中、時間を確認すると、練習室の予約時間が迫っていた。

「そろそろ行くよ」

席を立つと、ツバメは「私はもう少しいます」と微笑んだ。溜め息をついたようにも見えた。

「卒演、一緒になるようだったら、よろしく」

九十八パーセントの確信を持ちながら、慧也はホールを出た。残りの二パーセントは、ツバメ本人が「出たくない」と言い張った場合だ。

外は先ほどよりぐっと寒くなっていた。慧也は来た道を真っ直ぐ戻り、練習室に駆け込んだ。黒光りするグランドピアノに映り込む自分の顔は、白けているような、怯えているような、焦っているような……要するに、パッとしない表情だった。

冷えてしまった両手を擦り合わせ、鍵盤に指を置いた。卒業試験で演奏したショパンの〈バラード第4番ヘ短調〉を弾こうと思ったのに、気がついたら練習室には空気を縛りつけるような重苦しいCの音が響いていた。

ショパンはショパンでも、〈バラード第1番ト短調〉を指が勝手に弾き出す。高校生の慧也が、サリエリ事件の日に演奏した曲だ。

序奏の七小節にこの曲のすべてが詰まっていると、あの頃も今も慧也は思っている。シンプルで技術的な難しさもないから、演奏者が何を見せるかがここで問われる。序奏で凝縮したものを一つ一つ紐解いていくのが、慧也の思う〈バラード第1番〉だった。

慧也が生まれる前、母が胎教としてずっとショパンを聴かせてくれた。最初の一曲はこの〈バラード第1番〉だったらしい。陰鬱なメロディに始まり、優美さと華やかさと激しさと、季節の移ろいのようにさまざまな顔を見せる。ピアノの詩人と呼ばれたショパンらしい、詩情にあふれたバラードを聴きながら、慧也は母の子宮の中ですくすくと育った。

この曲は、自分がこの世で初めて聴いたショパンで、この世で初めて聴いた音楽だった。

『桃園の〈バラード第1番〉は、ロマンチックじゃないんだよな』

かつてそう評したのは、雪川織彦だった。人懐っこい子犬みたいな目をした奴だった。

『ショパンのバラードって、ミステリアスだったり悲壮感があったりしたとしても、どこか甘美な感じがするんだけど、桃園は変にロマンチックに弾かないんだよね』

ショパンはパリで活躍したが、出身地であるポーランドへの愛国心が強い人物だった。周辺国から幾度となく支配を受け、百年以上にわたり地図から国が消えたこともあるポーランドで、民族意識の高まりと自由を求める人々の声と接しながらショパンは育った。フランス革命の影響を受け、ロシアの傀儡《かいらい》国家だったポーランドでも独立運動が活発になる中、二十歳のショパンはウィーンへ行った。

ウィーンで音楽をやるか、祖国に残って独立のために戦うか。二つの選択肢を前に、彼は音楽を選んだ。故郷で繰り返される武装蜂起、革命、失敗を見つめながらショパンは音楽活動を続け、〈バラード第1番〉はその最中に作られた。ショパンは二十五歳前後だった。今の慧也とほぼ同世代だ。

きっと彼は故郷に残って戦わなかったことを後悔したし、だからこそ音楽で戦い続けることを選んだのだと、慧也は思っている。

だから、慧也のショパンは甘くてはいけないのだ。ショパンの甘美さが祖国の歴史と文化を守るためのものなら、俺はロマンチックにはしたくない。ショパンが〈バラード第1番〉にところどころ仕込んだ物語の伏線のような歪《いびつ》な不協和音は、祖国を想う彼の叫び声のように聞こえてならなかった。

その不協和音を発した瞬間、脳裏でぼんやりと笑っているだけだった雪川織彦が、はっきりとこちらを振り返った。本来なら共存し得ない音が重なってピアノの周囲の空気を重苦しく縛り上げる。逃げるなと、慧也の足を摑むみたいに。

この感覚に捕まったら、サリエリ事件を見つめるしかない。サリエリ事件なんて呼び方はナンセンスだといくら強がっても、どうしたってサリエリ事件は慧也の中にある。あの日弾いたショパンの〈バラード第1番〉の中に、無理矢理織り込まれてしまったのだから。

雪川織彦の「ロマンチックじゃない」という言葉は、素直に嬉しかった。彼にはわかってもらえた。美しく輝いているけれど、華やかで甘美に見えるけれど、触れるとキンと冷たい青い宝石のような俺のショパンは、雪川織彦に届いている。

「友達だったのにな」

堪《たま》らず声に出した。集中がふっと途切れ、指先の緊張感が緩む。それに合わせて音が揺らぐ。ポーランドの夜空の色をした宝石は、とろんと溶けて消えた。

そこから、慧也の〈バラード第1番〉はのっぺらぼうになった。薄曇りの空をぼーっと眺めているような気分だった。それでも途中でやめられず、最後まで弾き切った。練習室の外で、誰かが「不感症みたいなショパンだな」と笑った気がした。

「友達だったんだなあ」

二度目の呟きには、苛立ちが滲んでいた。

友達だったのだ。男子生徒の少ない附属校の音楽科で、雪川織彦は貴重な同性の友人だった。恵利原柊《しゅう》だって、そうだった。

分厚い塀の向こうに行ってしまった彼も、大事なクラスメイトであり、友人だった。

◆羽生ツバメ

桃園慧也の言う通り、錦先生の「話がある」とは卒業演奏会についてだった。レッスンの後にと言っていたのに、ツバメがレッスン室に入ると同時に「トリよ」と言い放った。

「羽生さんは卒演のトリ。この代のピアノ科の首席よ。おめでとう」

よくやったわ、とツバメの肩を叩いた錦先生は、誇らしげだった。楽譜入れとして使っている手提げが、途端にずしりと重くなった。

「首席……」

「そう、首席。もっと喜びなさい。名誉なことよ」

ピアノ科の学生の間で、錦先生の門下生は「エリート養成クラス」とも呼ばれている。だがこの数年は首席が出ていなかった。繰り返される「首席」という言葉の重みに、ツバメは計り知れない粘ついた感情を察知していた。

「いやあ、私みたいなちゃらんぽらんな学生が首席でいいんですかねえ」

あはは、と大袈裟な動きで後頭部を掻いてみせる。錦先生は「何言ってるの」と微笑んだが、声のトーンは相変わらずだった。

「卒業試験の成績も、四年間の実績も、あなたがトップだったの。引け目を感じることなんて何一つない」

錦先生は夏だろうと冬だろうと丈の長いワンピースをまとっていた。丈は足首のあたりまであって、黒だろうと紺だろうと青だろうと赤だろうと、魔女のローブを思わせた。シンデレラを舞踏会に連れていってくれる魔法使いではない。どちらかというと、声と引き換えに人魚姫に足を与える方の魔女だ。

大学入学直後、先生はツバメに「四年間であなたを首席にする」と言った。卒業後、どの国にだって胸を張って留学できるように、と。先生がそんなことを言うのは、門下生の中で本当に見込みのある学生だけだと先輩から教えられた。

チャイコフスキー国際コンクールでファイナルに進めなかったことに、一番憤《いきどお》ったのは錦先生だった。「落ちる理由なんて何もないはずなのに」と嘆く先生の横で、ツバメは自分がいたらなかった点は何だったのか考え続けた。

強いていうなら、サリエリ事件だった。

あのセミファイナルだけじゃない。四年前の卒業演奏会からずっと、ピアノを弾いていると必ずどこかでサリエリ事件のことが頭をよぎる。熱中して読んでいた本を無理矢理閉じられるみたいに、自分の音から一瞬だけ血の気が引く。

ツバメにしかわからない感覚だと思っていた。自分が目をつぶりさえすれば、問題ないと思っていた。でも、それが観客にも伝わっているんじゃないか。チャイコフスキー国際コンクール以来、猛烈に恐ろしくなった。

「じゃあ、トリとして恥ずかしくないよう、羽生ツバメ、頑張ります」

敬礼のポーズを取ると、先生は「よし！」とアザラシみたいに笑った。顔をくしゃっとさせて笑うと、意外と可愛い人なのだ。

この人に師事したから、首席になれた。大きなコンクールで結果を出せた。大学卒業後にモスクワ留学もできる。それは間違いない。

たとえ、錦先生が本当に指導したかったのが、サリエリ事件で死んでしまった雪川織彦だったとしても。

「卒演で披露する曲は、卒業試験で弾いた『火の鳥』にしましょうか。トリにはぴったりな曲だと思う」

卒業試験で演奏した曲をそのまま卒業演奏会に持ってくる学生が多いが、全く新しい曲を用意することもできるという。『火の鳥』で行くのが順当なのだろうが、「そうします！」とにこやかに頷けなかった。

「うーん、せっかくの卒業演奏会なので、ちょっと考えます」

そう言いながら、その日のレッスンで弾いたのは結局『火の鳥』だった。

ストラヴィンスキーの『火の鳥』は、ロシア民話をもとに作られたバレエ音楽だ。二十七歳の若手作曲家だったストラヴィンスキーは、この作品の成功をきっかけに大作を次々と生み出していく。

火の鳥を追いかけて魔王の庭園に迷い込んだ王子が、火の鳥を逃がしてやる代わりに魔法の羽根を授かり、魔王に囚われた王女達を助ける。次々と情景が移り変わるストーリー性抜群の曲だった。魔王が支配する冷たく不気味な森から物語は幕を開け、色彩豊かな音色が次々と暗闇から飛び出してくる。

まるで、雪川織彦のためにあるような曲だった。

彼は物語性のある曲が好きだった。本を読むのが好きな子だったから、読書と同じ感覚で、ピアノを弾きながら一ページ一ページ物語を読み進めていたのだと思う。彼のピアノを聴いていると、いつもそんな気分にさせられた。ページを捲るごとに、さまざまな物語が鮮やかな色を伴って描かれた。

彼が学年のトップとして君臨していた頃、ツバメは彼の演奏に憧れたし、いつか彼のようになりたいと思っていた。

雪川織彦なら『火の鳥』をどう読んで、どう解釈して、どう再構築して、どんな物語として聴かせてくれるのか。どんな色で、どんな光で、どんな揺らめきを描くのか。そんなことを考えてしまう。彼はきっと、魔王の庭園に不気味さと美しさを孕《はら》ませ、魔王の姿をきっと少しだけコミカルに描く。彼は物語の中の悪役に愛しさを見出すタイプの子だ。直接聞いたわけではないが、ピアノを聴いていたらわかる。

錦先生がツバメに「雪川織彦が好きそうな曲」を課し、「雪川織彦が弾きそうな演奏」を目指すように指導する中で、彼だったらどう弾くかを考えて、追いかけて、ときどきわざと外した。そこに羽生ツバメの演奏があると思った。

わざと外したところを、錦先生は「そうじゃない」と正してくるのだけれど。

終了時刻を見計らったように、レッスン室のドアがノックされた。防音ドアにぽかりと空いた小窓から中を覗くのは、同じ錦門下生の藤戸《ふじと》杏奈《あんな》だった。

「失礼しまーす……」

恐る恐るという様子でドアを開けた杏奈に、錦先生は「ああ、そうだった」という顔をした。

「藤戸さん、あなたも卒業演奏会に推薦されたの。おめでとう、よく頑張った」

目を見開いた杏奈の背後で、防音ドアがガチャンと音を立てて閉まる。瞬きを繰り返す彼女と錦先生を交互に見て、ツバメは椅子から立ち上がった。

「えっ、杏奈も推薦されてるんですか！　先生、それを先に言ってくださいよ！」

おめでとう、おめでとう。拍手を送ると、杏奈はやっと事態を呑み込んだのか、「え、私がですか？」と絞り出した。

「ええ、リストの『鬼火』をよくあの完成度で弾き切ったって、教授陣がみんな感心してた」

「でも私、大学に入ってからコンクールの結果も全然だったのに」

「でも、選ばれた。胸を張って卒演に参加してちょうだい。教え子から二人も卒業演奏会の参加者が出て、先生も嬉しい」

しかも、一人は首席だしね。ツバメに向き直った錦先生は、本当に嬉しそうだった。杏奈のレッスンは来週なのに、わざわざツバメのレッスン日に呼びつけ、自分の口から説明をしたかったくらい、誇らしかったのだろう。

レッスン前に大方の話は聞いてしまったから、演奏会での曲目を相談する二人の横で、ツバメは帰り支度をしていた。

「引き続き『鬼火』でもいいし、他にやりたい曲があるならそれでもいいけど、どうする?」

「そうですね……『鬼火』を第一候補に、他もちょっと考えてみようと思います」

「そこはあなたの判断に任せるわ。決まったらまた教えて」

意外と早く話は終わった。だらだらと話してしまうツバメと正反対で、杏奈と先生の話はいつだって簡潔だった。

「杏奈の方が絶対に早く終わるんですから、私のレッスン日にわざわざ呼びつけなくてもいいのに」

レッスン室を出たところで、堪らず苦笑いしてしまう。

「別にいいよ。今日は何もない日だったから」

「じゃあ、このためだけに学校に来たんですか? ますます悪いじゃないですか」

申し訳ないと両手をすり合わせ、「じゃあ、ケーキでも食べて帰ります?」と杏奈の顔を覗き込む。ツバメの身長が百七十センチなのに対し、杏奈は百五十センチちょっとしかない。いつだってツバメは彼女を見下ろし、杏奈はツバメを見上げる形になる。

「お、いいねえ。行こう行こう」

「駅の反対側に、とっても美味しいところができたんですよう。週一で通っちゃってます」

「何それ、全然知らないんだけど」

「最近私がインスタにめちゃくちゃアップしてるところですよ。モンブランが美味しいんです。土台がスポンジじゃなくてメレンゲで。あと紅茶の種類がえげつないです」

「それはいい。紅茶の種類がえげつないのはテンション上がる」

「卒業までに制覇したいんですよねー」

スマホに撮り溜めた写真を杏奈に見せてやる。杏奈は甘いものに目がないから、モンブラン、ガトーショコラ、マカロン、タルトタタン、ミルフィーユの写真一つ一つに「ステキぃ」「最高!」「完璧だね」「天才だわ」「強すぎる」と目を輝かせた。

こうしていると、自分達がサリエリ事件の関係者だなんて、信じられなくなる。

事件のこともピアノのことも関係ないケーキや紅茶の話をしながら学校を出て、二人が高校生の頃から好きな女性アイドルグループの新曲MVの話をしながら駅まで歩き、カフェでバニラアイスが添えられたガトーショコラを前にした杏奈が「ケーキの横にアイスクリームをのせるって、発想が天才だよね」と写真を撮るのを眺めていたら、そんな思いが喉元からあふれ出そうになった。

いや、出てしまった。

「慧也君も卒演に出るそうです」

小さなスプーンでバニラアイスを口に含んだ杏奈が、ゆっくりツバメを見る。味わうまもなくアイスクリームは溶けてしまっただろう。

「慧也君に杏奈に私で、見事にサリエリ事件の関係者が揃いましたね」

四年前の卒業演奏会。藤戸杏奈は一番手の奏者だった。『火の鳥』と同じストラヴィンスキーが作った難曲〈ペトルーシュカからの3楽章〉を演奏しきった彼女は、早々に客席で他の演奏を聴いていた。

「それは……確実にいろいろ言われそうだね」

「今から気が重いです」

「ツバメはトリだから余計に好き勝手言われるだろうけど、気にしないことだよ。『羽生ツバメの演奏中にまた人が死なないといいけど〜』なんて言う連中は、ツバメの才能と実績に嫉妬してるだけなんだから」

はぐ、と大口を開けてガトーショコラを頬張った杏奈を前に、ツバメは自分のモンブランにフォークを突き立てた。クリームの中でメレンゲが乾いた音を立てて割れた。

「杏奈は図太いですね」

「違う違う、図太いんじゃないよ。大学を卒業したらピアノはやめるし、ツバメと違って、何を言われても失うものがないってだけ」

「もったいないなあ。あんなにくるくる指が回る人、なかなかいないですよ」

ツバメが真っ先に思い浮かべたのは、卒業試験でリストの〈超絶技巧練習曲集　第5番『鬼火』〉を弾く彼女だった。指が六本あると言われたほどのピアノの魔術師・リストの作った曲は、とにもかくにも超絶的な技巧を要する。三十二分音符と半音だらけの楽譜は情報量が多く、複雑な重音や、離れた鍵盤へ手を飛ばす跳躍が駆使され、速さと重厚さをこれでもかと要求し、さらに繊細さすら求めてくる。杏奈が弾いた〈超絶技巧練習曲集〉は、あまりに難しすぎて改訂版を出すときに難易度を下げて作られたくらいだ。

小柄な体格に反して、杏奈は手が大きく指が長い。それを活かし、彼女はいつだってテクニック勝負の難曲に挑んできた。高校時代も、大学に進学してからもずっとそう。地道に鍵盤に向かい、音符だらけの真っ黒な楽譜と睨み合っている。

「そんなことないよ。私レベルの人間なんてたくさんいる。ツバメだって本当はわかってるでしょう？」

一際大きく切り分けたガトーショコラを口に運ぶ杏奈の眉間には、「どうせ私はテクニックしか能がないから」と書いてあった。

「いいんだよ、もう決めたんだもの。就職だって無事決まったしね。親も喜んでるよ」

杏奈の就職先は、大手生命保険会社の一般職だった。音楽教師や楽器メーカー、音楽関連の文化事業財団、音楽教室の講師といった進路を選ぶ学生が多い中、一般企業を選んだ。彼女曰く、「半分以上は、親のコネのおかげだよ」とのことだ。

本当に未練はないのだろうか。キャラメルと蜂蜜風味の紅茶を「うわ、おいしし」と楽しむ杏奈からは、むしろ清々しさが覗いている。

わかっていた。同じ附属校に通っていたからって、同じ音大に進学したからって、ずっと一緒に音楽ができるわけじゃない。誰かがどこかでやめる。残った人間が次のステージに行く。時として、本人の意志とは関係なく、いなくなってしまう人だっている。雪川織彦みたいに。

「雪川君が生きていたら、今度の卒演のトリは彼だっただろうなって思うんです」

アッサムを使った色濃いミルクティーのカップを静かに寄せ、ツバメは肩を落とした。肩がそのまま抜け落ちて地面にめり込むんじゃあるまいかと思った。

「卒演だけじゃなくて、錦先生は雪川君に夢中で、雪川君を海外に送り出すために躍起になったと思います」

もしそうだったら、ツバメはチャイコフスキー国際コンクールに出ることはなかった。

「錦先生、高二の頃から雪川君に注目してたっぽいもんね」

「雪川君が死んじゃったから、たまたま私にチャンスが回ってきた。それだけなんですよね」

「でもさ、そのチャンスをモノにできない人間も、私みたいに端《はな》から蚊帳の外な人間だっているわけだから、そこはツバメの実力なんじゃないの？」

カチャンと杏奈の皿が音を立てる。溶けたアイスクリームをガトーショコラにたっぷりとつけた彼女は、もう一度「気にしないことだよ」と繰り返した。

「ここまで来られたのは自分が頑張ったからだって、私だってちゃんと思ってますよ」

自分の努力を認められないほど、自分がやって来たことや結果が見えていないわけじゃない。ただそこに、サリエリ事件が真っ黒な影を落としているだけで。

「ロシアに行く前に、克服できたらいいんですけど」

「サリエリ事件を？」

「ドビュッシーだろうとモーツァルトだろうと関係ないんです。ピアノを弾いてると、ふらっとサリエリ事件が蘇って、なんか、自分の音が曇るのがわかるんですよね。雪川君のことを忘れたいわけじゃないけど、ずっとこのままでいるのは嫌だなって」

冷めてきたミルクティーをツバメは一気に飲み下す。「ミルクティーはそういう飲み方をするもんじゃないぜ、ツバメさん」と杏奈が茶化してくる。ステップを踏むような軽やかな口振りは、ツバメの背中を押してくれているようだった。

「卒演までまだ二ヶ月ちょっとあるし、できるんじゃない？」

「そう思います？」

「チャイコフスキー国際コンクールの前も、ツバメはそんなふうに言ってたよ。だから、セミファイナルくらいまではいけるんじゃない？　あんたはいつもそうだもん」

「笑いながら人の傷を抉りますなあ、もう」

自分の声は、思っていたより朗らかだった。薄曇りの空から光が射したみたいに感じた。

卒業試験を終えて、首席になった。卒業式を終えたらモスクワ留学をする。大学生活はゴール間近だ。なら、やるべきことはこれしかない。日本に置いていくべきものを肩から降ろす作業を、卒業演奏会までにしよう。

「頑張ります」

最後に残ったモンブランの大きな切れ端を口に放り込むと、メレンゲがサクッと音を立てた。そのまま軽快に口の中で溶けて消える。

こんなふうに、サリエリ事件を消し去りたい。せめて、私がピアノを弾いている間だけでも。

そうでなければ、雪川織彦は永遠に、あの日のモーニングホールをさまよい続けることになる気がした。

帰宅して卒業演奏会と首席のことを知らせると、両親は喜んだ。「嫌だわ、今日の夕飯、普通のご飯なのに」と苦笑いする母に「そんなの気にしなくていいって！」と笑いかけ、父には「今度美味しいものを食べに連れていって」とおねだりした。留学までに飛びきり美味しいお寿司を食べに連れて行ってくれると、約束してくれた。

夕飯のあと、自宅の防音室で『火の鳥』を弾いた。魔王の支配する森、魔王の庭で王子が出会う火の鳥、魔法の羽根をもらう王子、十三人の乙女達の踊り、王子を捕らえる魔王……ああ、今日は調子が悪い。どこにだって、雪川織彦が現れる。彼が弾く『火の鳥』を、ツバメの指が、頭が、心が、勝手に追いかけていく。そっちに行ってはいけない。彼に近づきすぎたら、彼の粗悪品にしかなれないのに。わかっているのに、足がそっちに向いてしまう。

それでも悲しく悔しいのは、雪川織彦の演奏に近づこうと奔走するたび、自分のピアノは色彩豊かになり、深みを増していくことだ。

サリエリ事件を消し去るには、やはり火の鳥の魔法の羽根が必要かもしれない、なんて思った。

大学のホームページで卒業演奏会の参加者が正式発表されたのは、一週間後だった。

羽生ツバメ、藤戸杏奈、桃園慧也……サリエリ事件の関係者の名前が見事に並ぶ中、一覧の最後にあった名前に、ツバメはスマホを取り落としそうになった。

「……嘘」

スマホは落とさなかったが、朝食に母が焼いてくれたトーストはテーブルに落とした。木イチゴのジャムが、ランチョンマットに赤い染みを作った。

そこには加賀美希子《かがみきこ》の名前があった。「加賀美・希子」なのに、しょっちゅう「加賀・美希子」と間違えられるのだと、初めて会った日——朝里学園附属高校の入学式の日に、ぼやいていた。

彼女もクラスメイトだった。彼女も、サリエリ事件の起こった卒業演奏会の参加者だった。

加賀美希子は五番手だった。トリを務めることなく殺された雪川織彦の一つ前だ。

雪川織彦を殺した恵利原柊が、次のターゲットとして襲いかかった相手だ。

◆桃園慧也

長らく連絡を取ってなかったから、彼女の名前はメッセージアプリの奥底に沈んでいた。

【帰ってきてるの？】

単刀直入にメッセージを送ると、三年近く会っていないのなんて嘘のようにすぐ返事が来た。

こちらが文面に十五分ほど悩んだのが馬鹿みたいだった。

【いま中庭】

慌てて席を立ったら、椅子が床に擦れて歪な音を立てた。テーブルに広げていた本を大急ぎで音楽史の棚に戻し、図書館を飛び出した。

中庭は、目の前だった。吐き出した息が真っ白に染まり、慧也の顔を覆った。

橙色の煉瓦が敷かれた中庭は、靴音がよく響く。昔からそうだ。

彼女のブーツの踵も、やはり甲高い音を立てていた。

「……久しぶり」

次に会うとき、彼女は随分と変わってしまっているだろうと思っていた。けれど意外にも、加賀美希子は加賀美希子のままだった。

「よう、久しぶり」

銀鼠色のコートを羽織って、顔を包むようにマフラーをもこもこに巻き付け、学内カフェテリアのホットラテを手に、加賀美希子はサッと慧也に手を振る。黒く長い髪が中庭を吹きつける風に大きく揺れた。寝起きの猫がぐんと伸びをするようだった。

附属校に通っているときから、とびきり凜とした子だった。普段はどれだけ等身大の高校生でも、ドレスアップしてステージに立てば途端に一回りも二回りも大人びた顔をするのが音楽科の生徒だが、彼女はその中でも特別だった。弓を射るような顔で鍵盤に触れるのを見て、本当に同い年なのかと幾度となく思った。

「元気そうだね」

彼女は足を止めず、正門に向かってスタスタと歩いて行く。ぐしゃぐしゃに抱えていたコートを羽織り、慧也は隣に並んだ。

「どうして帰ってきたの」

「決まってるじゃん。卒業演奏会に出るため」

朝里学園大学の卒業演奏会は、卒業試験を受けた学生のうち、成績優秀者から選抜される。それとは別に、大学に籍を残したまま海外の提携校に留学している学生からも、数人が演奏者として選ばれる。海外のコンクールで好成績を収めた学生に声がかかるのだが、その多くは「海外にいるから」という理由で辞退する。わざわざ卒業演奏会のために帰国する学生なんて、滅多にいない。

パリに留学してコンクール入賞実績を積み重ね、一昨年の秋にロン・ティボー・クレスパン国際コンクールで二位になった希子に声がかかるのも納得だった。まさか、引き受けるとは思わなかったけれど。

「向こうの大学は？」

「四月まで休むの。卒演のついでに、こっちでコンクールにも出ようと思って」

あっけらかんと答えた希子が、ホットラテを口に含む。そのままにやりと笑って見せた。レンガを叩く靴音が、いたずらっぽく跳ねる。

「桃園も出るんだね、卒演」

「俺だけじゃなくて、ツバメと藤戸も出るよ」

「見た見た、まるで同窓会だよね。雪川君と恵利原はいないけど」

さらりと出てきた元クラスメイトの名前は、全く違う色をしていた。雪川は透明な鉛玉みたいで、恵利原は赤黒い泥だった。

希子は微笑んだままだった。だから、恐る恐る……半分凍った池に手を差し入れるように、聞いた。

「大丈夫なの？」

慧也と、羽生ツバメと、藤戸杏奈。自分達三人は確かにサリエリ事件の関係者だ。同じ日に同じホールでピアノを弾き、事件を目撃した関係者になった。

でも、希子はそうじゃない。彼女はサリエリ事件の被害者だ。事件を呆然と眺めていた慧也達とは、わけが違う。

「大丈夫かどうかなんて、どうだっていい。大丈夫になるために帰ってきたんだもの」

きっぱり言い切った希子の右腕を、慧也は凝視した。午後の日差しを受けて銀色に光るコートに包まれた、彼女の細い右腕を。

そこには、四年前につけられた切り傷がまだ残っているはずだ。大学に進学してから、彼女は夏だろうと厚手の長袖を着て過ごしていたから、慧也は直接見たことがないけれど。

「要するに、過去のトラウマを踏み越えるため、ってこと？」

「そういう安っぽい言い方、やめてよ。あんたみたいに、私が逃げたと思ってる人がいる気がしたから。卒業演奏会でサリエリ事件にけりをつけたかったの」

いや、そんなふうには思ってないよ。そう言おうとして、希子の切れ長の目にサラリと睨まれてをやめた。

彼女がパリへ留学すると聞いたのは、大学二年になってすぐのことだった。

入学から一年、附属校のクラスメイト……特に、卒業演奏会に一緒に出た面々と、慧也は距離を置いていた。同じ空間にいると、その場の空気がピリリと緊張する気がして、周囲で誰かが「あれがサリエリ事件の……」と胸をざわつかせる気がして。

それでも、希子が留学すると聞いて、今日のように中庭で彼女を呼び止めた。

「留学するって本当？」

四月だというのに、三十度近い暑い日だった。それでも希子は厚手のブラウスを着ていた。もちろん長袖だった。

「悪い？」

そうとだけ言って、彼女は去っていった。眉間にうっすらと皺が寄っていた。

自分の問いかけが、一体どれだけ非難がましく聞こえたのか。慧也は未だに判断がつかない。

「俺は、あのとき加賀美が逃げたなんて思ってないよ」

「嘘だ。『一人だけパリに逃げやがって』って顔してたよ」

「そう言われたら、そうだったのかもしれないけど」

「あら、意外と素直に認めるんだ」

ラテのカップをぐいっと呷った希子が、感心したように肩を揺らす。近くのゴミ箱に、空になったカップを投げ入れた。プラスチックのカップがゴミ箱の縁にあたり、向こう側に転がってしまった。

あらら、と笑って、希子はカップを拾いに駆けていった。今度はきちんと、ゴミ箱に入れる。

「ごめん、逃げたかったのは俺の方だ」

戻ってきた彼女にそう告げると、一瞬だけ目を瞠《みは》って、すぐに「ああ、そう」と返された。

「俺も卒業したらパリに留学する」

「パリに行っても、全然普通に思い出すよ。事件のことも雪川君のことも、恵利原のことも。それも、結構頻繁に。ピアノを弾いてるときだけじゃなくて、顔を洗ったときとか、ご飯を食べてるときとか、カフェでお茶してるときとか、電車に乗ってるときとか、シャワーを浴びてるときとか。夜、寝入る直前とか」

「それじゃあ、日本と一緒だな」

「でも、パリの人達はサリエリ事件のことなんて知らない。私はただの日本からの留学生。それが唯一の救い」

「それでも、卒演に出る必要があったの？」

そんなにも、サリエリ事件は自分達を離してくれないのだろうか。

キャンパスを出て、こうやって駅へと続く通りを歩いている自分達は、どこにでもいるただの大学生同士にしか見えないはずなのに。大学に一歩足を踏み入れたら、ピアノと向き合ったら、そうではなくなってしまう。

「ええ、そうよ。卒演に出なきゃ駄目だと思ったの」

そんなことを加賀美希子に言われたら、卒業演奏会を頑張るしかないじゃないか。高木先生には先日、正式に参加の返事をしたのに、改めてそう思う。

卒業演奏会を無事に終え、腹をくくって日本を出る。サリエリ事件はパリでも慧也につきまとうのかもしれないが、それでも、サリエリ事件の関係者でいなくていい土地へ行ける。今はそれだけで充分だ。

「加賀美は卒演で何を弾くつもり？」

「まだ決めてない。桃園は相も変わらずショパンでしょ？」

「なんだよ、『相も変わらず』って。相も変わらずショパンだけどさ」

「ショパンの何？」

「バラード第４番」

「へえ、いいね。４番か」

ふふっと笑った希子の声は、通りを行き交う自動車やトラックの重たい音に掻き消されることなく、軽やかに慧也の耳に届いた。

「ねえ、お腹空いた。美味しいお店、このへんに新しくできてない？」

「パリで美味いものをしこたま食べてるんじゃないの？」

「美味しいものは高いの。手頃な値段の食べ物は、そんなに美味しくないし。日本は千円で美味しいものが出てくるんだから、外国人からしたら安上がりないい国だよね」

「でも、お菓子は美味しいんじゃないの。何て言ったってパリだし」

「確かに、スイーツは何から何まで美味しかったよ。流石はマリー・アントワネットの国」

「しゃーない、じゃあパリとは正反対のものを食べに行くか。馬鹿みたいに脂っこいラーメンなんてどう？」

断固拒否されるかと思ったが、希子は意外にも「あっ、いいねえ！」と大声で笑った。

そんな自分達の間に割って入るみたいに、唐突に「すみません」と声が飛んできた。

不思議なもので、周囲に通行人もいるのに、自分達に向けられた言葉だと瞬時に理解できた。希子もそうだったようで、二人同時に足を止め、ゆっくり後ろを振り返った。

酷く長身の男が、自分達の背後にいた。

「桃園慧也さんと、加賀美希子さんですよね」

朝里学園大学音楽学部ピアノ科の、とわざわざつけ足したその男は、黒いジャケットに黒いシャツに黒いパンツに黒いリュックサックと、見事なまでに黒尽くめだった。そのせいで顔が病的なくらい青白く見える。

歳は二十代後半だろうか。奇妙なくらい淡泊な話し方をする男だった。ＡＩが進化を重ねれば、あと五年くらいでこれくらいの話し方は容易《たやす》くできるようになりそうだ。

「どちら様ですか？」

警戒心丸出しで、希子が問いかける。男は機械的な動きで名刺を差し出してきた。

「週刊現実で記者をしている、石神幹生といいます」

真っ白な名刺に印刷された「週刊現実」という四文字を見つめたまま、慧也も希子も動けなかった。通行人がチラチラと自分達を見ながら、側を通り過ぎていく。

「桃園慧也さんと、加賀美希子さんですよね」

石神と名乗った男が、再び問いかけてくる。慧也と希子を交互に見る目が、ぎょろりぎょろりと人形のように不気味に動いた。

「四年前、朝里学園大学附属高校の卒業演奏会に出演していた、桃園慧也さんと、加賀美希子さんですよね」

週刊現実は、書店やコンビニに行けば必ず置いてある週刊誌だった。すぐそこのスーパーに駆け込めばレジ横のラックに今週号が差してあるだろうし、駅で電車に飛び乗ったら中吊り広告が揺れているだろう。

四年前の卒業演奏会で起きた事件を、「サリエリ事件」と名付けたのも、この週刊誌だった。

「スイーツでもラーメンでも何でもご馳走しますので、お話を伺わせてください」

何についてなのかは、言わなくてもわかるでしょう。色濃い隈の滲んだ目元で、石神はそう訴えかけてくる。

第二章　サリエリの行方

◆桃園慧也

高校の卒業式はとうに終わっていたが、慧也にとっての「高校生活の終わり」は間違いなく卒業演奏会の日だった。

朝里学園大学附属高校音楽科の生徒にとって、大学の成績優秀者と共にそのステージに立てるのはとても誇らしいことだ。同級生の中でも自分が頭一つ抜け出ているとお墨付きをもらえるようなものだし、「大学入学後の活躍が期待される金の卵」として認められたということだ。

現に、今は海外で活躍するあのピアニストも、慧也が小学生の頃から憧れたショパン国際ピアノコンクールで日本人最高位を取ったあの人も、附属校時代に卒業演奏会で演奏した。

演奏は成績順だ。欲を出すなら、今日のステージは二番手ではなくトリ……いや、せめて四番手、五番手で演奏したかった。

ステージ袖で椅子に腰掛けながら、桃園慧也は鼻から大きく息を吸った。吐き出すのと同時に目を閉じる。

栄えある卒業演奏会、高校ピアノ部門の一番手は、藤戸杏奈だった。ギュッと閉じた慧也の視界を、杏奈の強烈な和音の連打がこじ開ける。

よくこんなテンポの速い難曲を、さらりと弾くもんだ。

藤戸杏奈が披露しているロシアの作曲家・ストラヴィンスキーの〈ペトルーシュカからの3

楽章〉は、とにもかくにも難しいのだ。

魔術師によって命を吹き込まれた藁人形ペトルーシュカが、謝肉祭のただ中の市場で踊り出す。人間のバレリーナへ恋をしたものの、魔術師に小屋に閉じ込められる。人形だから、恋したバレリーナにも相手にされない。人間の心を持ったが故の喜び、怒りや恐怖、悲しみが、激しい音の嵐の中で描かれる。

曲想はめまぐるしく変化し、五線譜の上を音符が激しく踊り回る。息を入れる間すら与えてくれない。やっと現れた緩急の〈緩〉のパートですら、その後やって来る激しい〈急〉の緊張感で満ちている。

一体、どれだけ指がくるくる回ったら、この運指をこんなに軽やかにシャープに弾けるのか。元がバレエ用のオーケストラ曲なだけあって、その豊かな響きを再現するため、ストラヴィンスキーは普通は二段組みの楽譜を三段組みにした。それでも飽き足らず、四段譜まで出てくる始末だ。反復横跳びする音符と記号に、初めて楽譜を見たときは目眩がした。「技巧を見せびらかすだけの曲」と言われるだけのことはある。

この手の難曲は、聴いていて不安になるときがある。技巧が求められるからこそ、ピアニストの至らない点、細かなミスが気になって、このあとの重音は？　長音は大丈夫？　あそこのトリルは？　謝肉祭で賑わうペテルブルクの街など消え去り、素人が一生懸命ドミノで大作を作っているのを眺めている気分になるのだ。

杏奈のペトルーシュカは、安心して「すげえ……」と思っていられた。彼女の技巧に身を委ねていられた。柔道は綺麗に技を決められると、投げられている側すら「気持ちがいい」と感じるらしいが、それに近い感覚なのだと思う。

三楽章からなる〈ペトルーシュカ〉も終盤だ。恋敵である男から刃を向けられたペトルーシュカの死。人の心を持ってしまったがために、人を愛し、人を恨み、苦しんで最期を迎える。

最後の和音は、ペトルーシュカの悲劇と謝肉祭の賑やかさを呑み込んで叩き潰すように、重々しく響いた。ホール全体が、ずんと地下深くに引きずり込まれたみたいだった。

杏奈の指が鍵盤から離れ、だいぶたってから拍手が響いた。

「お疲れ」

ステージを捌《は》けてきた杏奈に、慧也は短く声をかけた。酷使した指を労《いたわ》るように擦り合わせながら、彼女は「ありがと」とか細い声で呟く。淡くグリーンがかったブルーのドレスを着た彼女は、黒のスーツに襟付きの黒シャツにノーネクタイという出で立ちの慧也とは正反対の華やかさだった。

「聴いてて、自分の指がむずむずしたわ。よく弾けるよな」

「数少ない特技だからね」

クラスメイトとはいえ彼女とはそこまで親しいわけではなかったが、大舞台を終えて彼女がほっと胸を撫で下ろしているのが慧也にはわかった。

慧也が藤戸杏奈を初めて知ったのは、小学生の頃。全日本学生音楽コンクールだったか、ピティナ・ピアノコンペティションだったか、とにかく小学生の頃だ。

彼女はいつだって年齢に見合わない難しい曲を弾いて、上位に入選していた。朝里学園大学附属校に入学して彼女を見つけたときだって、「うわ、あの超絶技巧女だ」とすぐに気づいたくらいだ。きっと、他のクラスメイト達だってそうだったはずだ。

ところが、慧也の予想に反して、附属校での藤戸杏奈は静かだった。コンクールにこそ出ていたが、目立った成績は残していない。

決して精彩を欠いた演奏をしているわけではなく、むしろテクニックには磨きがかかっていた。なのに、音が硬くて広がりがない。大きな会場で彼女の演奏を聴くとそれが顕著だった。音こそちゃんと聞こえているのに、響かないのだ。

だが、今日の演奏を聴いてわかった。長い長いトンネルを、彼女は脱したに違いない。

「桃園も頑張って」

短く言って、杏奈は舞台裏へ去っていく。サテン地のドレスは艶やかで、あれは〈ペトルーシュカ〉の舞台であるペテルブルクのエカテリーナ宮殿とか、エルミタージュ美術館とか、そのへんの雰囲気をイメージしているのだろうか。

ぼんやりとそんなことを考えながら、慧也は両の掌を静かに合わせた。自分の名前がアナウンスされていた。

係員に促され、大きく息を吸ってから慧也はステージに出た。

白い照明が眩しかったのは一瞬だった。薄暗い客席が拍手で慧也を出迎える。視線を感じる。慧也を応援する視線だけでなく、お手並み拝見とばかりに品定めする視線、純粋で鋭い嫉妬の視線が、黒いフォーマルを突き抜けて肌にビリビリと刺さる。

観客に一礼し、椅子に腰掛ける。背の低い杏奈が上げた座面の位置を直し、再び掌を擦り合わせる。五本の指をよく伸ばしてから、そっと鍵盤に触れた。

客席は静かになっていた。ただ視線の熱量だけが増していた。

ショパンの〈バラード第1番ト短調〉は卒業試験でも弾いた曲だった。序奏の七小節を大事に。レッスンで先生に言われ続けたことは、慧也の指にすっかり染み込んでいる。

杏奈が地中深くに叩き落とした客席を浮上させるように、最初の一音をピアノの奥深くから、自分の体の奥深くから、絞り出す。高い音へと流れるように指が躍り出す。体が軽く、息がしやすい。思ったより自分の体は緊張していないようだった。

ここから始まる優美で陰鬱で、華やかな物語が凝縮されたCのユニゾンに、暑苦しい視線の束が引き千切られたのがわかった。

杏奈の〈ペトルーシュカ〉とは違う、ゆったりと一音一音をしみじみと味わうような〈バラード第1番〉が、客席に染み渡っていく。指が何本あるかわからないような超絶技巧は見せられないが、前の演奏者とは全く違うゆったりとしたピアノを聴かせられるのは、これはこれでいい順番だったかもしれない。

さあ、祖国のため、ピアノを武器に戦ったショパンの覚悟と痛みを観客に見せてやろう。

序奏のあとの第一主題は、穏やかに弾きつつも緊張感を潜ませ、曲が進むごとに強まっていく。第二主題は一転して華やかに、優美に、でも力強く。勝利に向かって突き進む高らかな足音が遠くに聞こえる。

ショパンはもっと甘美に、ロマンチックに聴きたいのに。慧也の弾くショパンに対し、そう言う指導者やクラスメイトがいるのは知っていた。一年生の頃はそれに迷いもした。けれど、そういうショパンが聴きたいなら別の人間のショパンを聴いてくれと開き直れるくらいには、高校三年間は充実していた。

終盤の盛り上がりにかけ、体からエネルギーを吸い取られていく。ピアノに、ショパンの〈バラード第1番〉に。心地よかった。高い和音から、低いユニゾンへ、重く重く叩き込んで幕を下ろす。

ふう、と吐き出した息は熱く湿っていた。こめかみを汗が伝う。潮が満ちるように拍手が聞こえた。

客席に一礼したら、不思議と胸がいっぱいになった。舞台袖に引っ込むと、三番手の奏者が暗がりにたたずんでいた。

「お疲れ」

先ほどの慧也のように、出番を終えたクラスメイトに労いの言葉をかける。恵利原柊も慧也と同様のブラックスーツだったが、シャツが真っ白だから、その白さが目に痛い。

「おう、恵利原も頑張って」

恵利原は、あっさりとした顔の少年だった。ヨーグルトならプレーン味だし、アイスならバニラ味。特徴は確かにあるが、言葉にしようとすると難しい顔立ちだ。強いて言うなら、左右の目がやや非対称で、左だけがちょっとばかり吊り目だった。

「ありがとう。頑張ってくるよ」

深呼吸をして、恵利原は舞台袖を出ていった。彼が披露するプログラムは、ベートーヴェンの〈ピアノ・ソナタ第23番『熱情』〉だ。

恵利原が無事演奏を始めたのを見届けてから、慧也はステージ裏の控え室に向かった。着替えを済ませた杏奈が控え室を出ていくのが見えた。客席に移動して、残りの参加者の演奏を聴くのだろう。

卒業演奏会では、奏者一人ずつに小さな控え室が与えられた。午前中が大学のピアノ部門、午後が高校のピアノ部門というスケジュールだから、出番を待つ出演者の数も残り少ない。舞台裏は静かなものだ。

自分の控え室に戻ろうとしたとき、二つ隣——四番手の羽生ツバメの控え室のドアが開いた。

「あ、慧也君、お疲れ様です」

薄ピンク色に控えめな花の刺繡が施されたドレスを着たツバメは、本番前とは思えない軽やかな笑顔をしていた。

「そっか、次か。頑張って」

「はい、頑張ります」

係員に誘導され、慧也と入れ替わるようにツバメは舞台袖へ向かう。オフショルダーのドレスは、まるで彼女の背中に羽が生えているように見えた。

他の控え室は静かだった。杏奈はすでに出てしまったし、残っているのは五番手の加賀美希子と、トリの雪川織彦だけだ。

さすがに本番前に声をかける気にはならず、慧也は控え室で着替えを済ませた。不思議と胸の奥にまだ興奮が残っていて、シャツのボタンを外すのに手間取った。恵利原やツバメと少し言葉を交わしたくらいでは、熱はなかなか鎮まらなかった。

加賀美希子は今頃きっと、控え室の中を行ったり来たりしている。本番前の彼女は意外と神経質で、何年か前にコンクールで一緒になったときもそうだった。参加者が詰め込まれた大部屋の控え室で、真っ赤なドレスを着た希子は忙《せわ》しなく歩き回っていた。

一方の雪川織彦は、控え室のソファに腰掛けて優雅にチョコレートを囓っているはずだ。練習だろうとコンクールだろうと、彼はピアノを弾く前に必ずチョコレートを口にした。

「食べてから弾くとさ、いい感じに弾けるんだよね。験担《げんかつ》ぎみたいなもん」

以前、雪川はそう話していたが、アレは験担ぎというより、ルーティーンなのだと思う。脳に糖分を行き渡らせるだけでなく、雪川織彦が深く集中するためのスイッチなのだ。

それもただの集中ではなくて、ゾーンとか無我の境地とか忘我状態とか、その類のもの。普通の人間では手を伸ばすこともできない、深い深い集中の海に、彼はチョコレートをスイッチに潜り込む。

「……まったく」

俺にもそんな芸当ができたら、一体どんな演奏ができるのだろう。小さく溜め息をついて、荷物をまとめて控え室を出た。

ちょうど、出番を終えた恵利原柊が戻ってきたところだった。

「お疲れ、出し切れた？」

「うーん、どうだろな。やりたいことはやれたけど、お客さんはどう聴いただろ」

「自分が納得したならいいんじゃないの？　周りと比べてもしょうがないし」

卒業試験の成績順で弾くのだから、自分の後は、自分より上手い人間しかいない。この晴れやかな卒業演奏会は、意外と残酷なシステムなのだ。

「雪川、今頃チョコレートタイムだよ。今日も絶対失敗しないし、きっと一番の演奏をするんだろな」

雪川の控え室を見つめて、堪らず言葉にしてしまった。俺だって、客席から嫉妬の滲む熱視線を送ってきた連中と変わらない。

だって、クラスメイトで、同じ大学に進学するとはいえ、お互いに一人のピアニストなのだ。同じ教室で机を並べて授業を受けていたって、コンクールになればライバルだし、こうして演奏会に出たらどちらの演奏がよかったか比べられる。

高校三年間で、何度か雪川と同じコンクールに出た。いつだって雪川の方が上位だった。高二のときのチェコ音楽コンクールでは、彼は一位で、慧也は入選。著名な音楽家を招いた国際音楽祭で一緒にレッスンを受けたときだって、秀でたピアニストに送られる特別賞を手にしたのは雪川だった。八月に開催された東京音楽コンクールでも、雪川は一位と聴衆賞を獲ってしまった。

獲ってしまったと思うあたり、やはり、俺は雪川に嫉妬しているらしい。羨ましいのではない。雪川になりたいのではない。ただ、彼を追い越すだけの何かを渇望している。

格好いいこととは思わない。それでも、嫉妬の気持ちすら湧かないよりはマシのはずだ。

「雪川、本当にいつもチョコレートだよね」

ふふっと笑った恵利原も、雪川の控え室を見ていた。

「でも、仮に本番前にチョコレートを誰かに盗まれても、あいつは見事に演奏しちゃうんじゃないかな」

「そうだねえ」と頷いた恵利原に「試してみる？」と笑いかけると、彼はいやいやいやと両手を振った。

「ま、大学で頑張るしかないよな」

なにせ、雪川は大学の特待生にも選ばれている。朝里学園大学に進学予定の附属校生の中で、経済的支援を必要としつつ、なおかつ抜群に成績のいいたった一人にしか資格が与えられないのが特待生だ。入学金と四年間の学費が免除され、レッスンや音楽活動に集中するための奨励金まで出される。

俺達の代のトップは、強敵なのだ。そういう人間と肩を並べるためには、一体何をどう頑張ればいいのか。

「じゃあ、先に客席に行ってるから」

恵利原ともう一つ、二つ、冗談を言い合って、慧也は関係者用通路から客席に向かった。恵利原はジャケットの前ボタンを外しながら、自分の控え室へと入っていった。

それが、慧也が見た恵利原柊の最後の姿だ。

ホールの出入り口でツバメの演奏が終わるのを待って、中に入った。すぐに加賀美希子の出番のはずなのに、彼女はなかなかステージに姿を現さなかった。

五分、十分とたって、これはおかしいと客席がざわつき始めた。関係者通路からステージ裏の様子を見にいこうとしたら、職員から金切り声で「客席にいなさい！」と押し戻された。どういうことだよ。吐き捨てそうになった瞬間、建物の外からサイレンの音が聞こえた。

救急車のサイレンだった。瞼の裏で赤い光が翻《ひるがえ》って、慧也はエントランスに走った。モーニングホールの出入り口を、職員達が困惑した様子で封鎖していた。

それでも、ガラス張りのエントランスから、救急車が見えた。それも、二台。春の穏やかな日差しの中、真っ赤なランプが激しく瞬いていた。

救急隊員がストレッチャーを押しながらホールの裏手に向かう。関係者用の出入り口がある方だった。

窓ガラスに鼻先を押しつけるようにして、慧也はそれを見ていた。何があったかを想像するには充分な光景なのに、なのに、何も考えることができなかった。

何かあったらしいと気づいた観客が、ちらほらとホールから出てくる。同じ音楽科の友人の顔もその中にあった。

「なに？　どうしたの？」

杏奈の声がした。離れたところで、外の様子を窺う人々に交じってたたずんでいる。エントランスの窓ガラスに両手をついて、慧也と同じように目の前の救急車を凝視する。口を半開きにした間抜け面に、きっと俺も今、同じ顔をしていると思った。

パトカーがやって来たのは、その数分後だった。直後、慧也達は職員によって客席に戻され、すぐに卒業演奏会の中止がアナウンスされた。声は、慧也の名前や演奏曲をアナウンスしてくれた女性のものではなかった。粗っぽい中年男性の声だった。

雪川織彦が殺されて、加賀美希子が怪我をした。

加害者は、恵利原柊。

それを聞かされたのは、その日の夜だ。

＊

言葉に詰まるのではないかと思ったが、意外にもサリエリ事件のことはすらすらと語ることができた。ただ、一息ついて口の中がカラカラに乾いているのに気づき、グラスに残っていた烏龍茶を一気に飲み干した。

「ほら、言ったじゃないですか。新しい話なんて何もできないって」

終始こちらの話をつまらなそうに聞いていた石神幹生に、慧也は問いかける。

「いえ、資料を確認するのと、ご本人から直接話を聞くのとでは、全然違いますから」

石神はくすりとも笑わない。店内のオレンジ色の照明が彼の顔に当たるせいで、目元の隈が一層深く見えた。

「じゃあ、これ以上何を聞きたいんですか？　事件当日の話が済んだら、次は事件の前のことですか？」

「いえ、その前に、加賀美さんに当日のことを伺いたいです」

自分に視線を向けられ、テーブルの端を眺めていた希子が顔を上げた。「いいですよ」と怖いくらい好戦的な顔をして、慧也にドリンクのメニューを投げて寄こす。

彼女がちょっとでも青い顔をしたり、当時の記憶が蘇って肩を強ばらせでもしたら、彼女の手を引いてこの場を飛び出すのに。私の話も長くなるからさっさと次の飲み物を注文しろ、と命じられては、従うしかない。

いっそのこと、石神に声をかけられたとき、脇目も振らず逃げてしまえばよかったのだ。サリエリ事件から四年。改めて事件を振り返る記事を書きたいから話を聞かせてほしい。そんな頼みも、卒業演奏会で事件を踏み越えようだなんて決意も、放り投げてしまえばよかった。

もしくは、当初の予定通り馬鹿みたいに脂っこいラーメンの店に入っていたら、食べるだけ食べてさっさと話を切り上げられたのに。悲しいかな、慧也の知らぬ間に、ラーメン店は中国語が飛び交う中華料理店になっていた。

観念した慧也が烏龍茶のお代わりを注文すると、別の店員が料理を運んできた。俺の話は、そんな短い間に済ませてしまえたのか。恥ずかしいような悔しいような、虚しいような。

どうしたって俺は関係者でしかない。事件の渦中にいたのに知らないことばかりで、理解できないことばかりで、知りたいのに理解したいのに、どれだけ手を伸ばしても届かない。

「じゃ、遠慮なくいただきまーす」

作りものっぽい可愛らしい声で、希子は手を合わせる。海老チャーハンに青菜ソバに海鮮餃子に鶏肉のカシューナッツ炒め。ちゃんと全部食べる気はあるのだろうか。

慧也は五目焼きそばしか頼まなかったのだが、石神はその上を行き、キュウリの甘酢漬けだけを注文した。酒を飲むのかと思ったら冷たい緑茶だった。希子が、「うわ、怖っ」という顔で海鮮餃子にかぶりついた。

「私、演奏の前はあんまり人と会いたくないんですよ。だからあの日も、ずっと控え室に籠もってました」

あまりに自然に話し出した希子に、慧也は箸を止めた。ぷくりとした海老が箸先から滑り落ちた。思えば、彼女の口から事件当時のことを聞くのは、初めてだ。

「ちょうど、羽生さんの演奏が始まった頃、外から桃園と恵利原が話してるのが聞こえたかな。それからちょっとして、そろそろ誘導される頃だなと思って控え室を出ました。ノックされて、慌ただしく控え室を出るのが嫌いなんですよ、私。そしたら廊下の先に誘導係の人がいて、『加賀美さん、舞台袖へどうぞ』と言われたんです」

今日受けた授業のことでも語るように、淡々と、希子は続ける。合間にパラパラに炒められたチャーハンを、はぐ、と口に運んだ。

こんな話は、食事をしながらサラリと済ませてしまえるくらい、私の中ではなんてことないことなのよと、見せつけるみたいに。

「舞台袖に行こうとしたら、隣の……雪川君の控え室から、恵利原が出てきました。本番前の人間の控え室にわざわざ行くなんてって、ちょっと思ったんですけど、とりあえず『本番お疲れ様』と声をかけました」

慧也と別れてから一度控え室に戻った恵利原は、ペンケースの中に入っていたカッターナイフを手に、雪川の控え室に向かった。

カッターナイフは普段から学校に持っていくペンケースに入っていたもので、犯行のために持参したわけではない。本人がそう証言したと、週刊誌の記事で読んだ覚えがある。

恵利原のカッターナイフは、慧也も覚えていた。文化祭の準備中、段ボールを切るのに恵利原からカッターを借りた。刃が太くて、分厚い段ボールを切るのに向いていた。あのカッターが雪川の命を奪ったと思うと、未だに虫酸が走る。

カッターを持った恵利原が控え室にやって来たとき、雪川はソファに座っていたらしい。服装は白いシャツに、黒のベストとスラックス。雪川はジャケットが嫌いで、演奏会もコンクールも必ずその格好だった。堅苦しくなくて親しみやすくて、雪川の雰囲気や演奏によく馴染んでいた。

きっと彼は、本番直前の来客に嫌な顔もせず、恵利原に「本番お疲れ」と笑いかけたのだろう。恵利原は、そんな彼の首を横一線にカッターナイフで切りつけた。

雪川の死因は失血死で、遺体はソファにくの字に倒れ込んでいたという。白いシャツも、クリーム色のソファも血で真っ赤だったらしい。

雪川をひと斬りで惨殺した恵利原は、そのまま控え室を出て、舞台袖に向かおうとした加賀美希子と鉢合わせする。

「恵利原が、何か持ってるのに気づいたんですよ。それがカッターナイフだとわかったのも、恵利原君が血まみれだってわかったのも、襲われた後でしたけどね」

希子と目が合った瞬間、恵利原は無言で希子に摑みかかったという。

「本当に、一言も発さなかったんです。何も言わず、切りかかってきた」

咄嗟にステージの方に逃げようとした希子の右腕を、恵利原柊はカッターナイフで切りつけた。顔と頭を庇って倒れ込んだ彼女の右腕は、上腕と前腕にそれぞれ一本ずつ、深い切り傷を負った。

「見ます?」

チャーハンのレンゲを置いた希子は、石神の返事も、慧也の反応も待たずブラウスの袖ボタンを外した。鍵盤を叩くような艶やかな手つきに、息が止まった。

「ちょ」

希子の肩を摑んだが、言葉が続かない。やっと息が吸えた頃には、彼女は滑らかなブラウスの袖をたくし上げていた。

彼女の肌は白かった。そこに赤茶色い線が歪に走っている。前腕に一本、上腕に一本。どちらも十センチ近くある。恵利原がどんなふうにカッターナイフを振り下ろし、彼女がどう防御したのかがありありと浮かぶ傷跡だった。

「ピアノを弾くのに支障はなかったんですか」

石神は希子の傷を凝視したまま、それでもなお淡々としていた。

「幸いとは言いたくないですけど、腱や神経は無事でした」

「ですよね。でないと、ロン・ティボーで二位なんて無理だ」

勝ち気な性格の希子が二位という結果に決して満足していないとわかった上で、この男は発言しているのだろうか。真っ直ぐ相手を見ているのに何も見ていないような石神の目は、ただ鈍感なだけには感じられなかった。

「でも、右腕にそうやって傷が残っていると、ピアノを弾く上で困ることも多いのでは？」

「ええ、それはもう。私、袖のあるドレスが嫌いなんです。どうしても演奏中に気になっちゃうので」

希子は高校時代から、必ず袖のないチューブトップやホルターネックタイプのドレスを着てステージに立っていた。慧也も、本番で着るシャツとジャケットは肩口や袖が窮屈でないものを必ず選ぶようにしている。些細な皺の寄りや詰まりが、指先に大きな影響を及ぼすのだ。

「でも、この腕を客席に晒してピアノを弾いたら、観客は傷が気になるでしょうから。事件後はずっと袖付きのドレスを嫌々着ています」

連弾でもない限り、ピアニストは右半身を観客に向けてピアノに向かう。右腕に傷のある希子が袖なしのドレスでステージに立てば、観客からは必ず傷が見える。

ピアニストの容姿や服装がいくら「音を楽しむ上では関係ないこと」だって、見えてしまえば気になる。それが加賀美希子の音楽を聴く上でのノイズになる。サリエリ事件を知っている人間がいれば、「ああ、彼女はあの事件で運良く死ななかった方の被害者か」となる。

「私を襲った直後、恵利原はスタッフに取り押さえられました。あんまりよく覚えてないんですけど、彼は大人しくスタッフに連れていかれたと思います。私はすぐに女性スタッフが止血してくれて、救急車が来るまで自分の控え室にいました」

ブラウスの袖ボタンを留め、希子は何事もなかったかのように青菜ソバを啜った。

「ああ、そうそう、羽生ツバメさんもいましたよ。演奏が終わって、舞台袖からステージ裏に戻ってきたところだったみたいで。舞台袖に続く通路のところに、ピンクのドレスを着た彼女がいました」

「彼女は、どんな反応を？」

「そりゃあ、びっくりしてましたよ。止血してもらった私の控え室に彼女も飛び込んできて、女性スタッフと一緒に私の腕を、こう……心臓より高い位置に持ち上げてくれてました」

しゃく、しゃく、と青菜の茎を噛み千切りながら、希子が右腕を高く上げる。

「大丈夫ですよ、大丈夫ですよ、って大声で言うから、すごくうるさかったのを覚えてます。でも、私の血で彼女のドレスが汚れちゃって、それは申し訳なかったですね。救急車が来てストレッチャーに乗せられたあとは、彼女がどうしたのか全然知りませんけど」

モーニングホールにやって来た二台の救急車で、雪川織彦と加賀美希子は搬送された。この時点で雪川は心肺停止状態だったと聞いた。首の傷の深さは三センチ近くあったというから、なんの迷いもなくものすごい速度で切りつけたのだ。

「私が見聞きしたのはこれくらいですけど、他に何が知りたいんですか？」

しゃくしゃくという青菜の咀嚼音を一際大きくさせて、希子は一瞬だけ顰め っ面をした。青菜が硬かったのか、青臭かったのか、もしくは別の何かが理由なのか。

「当時騒がれたようないじめはなかったんですか？」

音もなく、石神は鞄から一冊の雑誌を引っ張り出した。彼が所属する週刊現実のバックナンバーだった。発売日はサリエリ事件の翌週だ。

「うちの雑誌でも書きましたが、被害者の雪川織彦が加害者である恵利原柊をいじめていた、なんて話があったとか」

付箋も貼っていなければページに折り目がついていたわけでもないのに、石神は迷うことなく目的のページを開いた。「名門音大附属高校同級生殺傷事件」という文字と共に、「サリエリ事件」という見出しが大きく躍っていた。そうそう、この頃、あの事件はサリエリ事件と名付けられたのだ。

他ならぬ、この週刊現実によって。

「いじめなんて、なかったですよ」

この記事は慧也も見た覚えがあった。クラスで一番の実力者だった雪川織彦がクラスメイトを先導し、恵利原柊をいじめていたということが語られている。二人をよく知るクラスメイトの証言、保護者の証言なんてものまで載っていた。

「いじめって、文化祭のミュージカルのことですよね？　嫌がる恵利原に、雪川が無理に重要な役をやらせて笑い者にしたってやつ」

およそ四年ぶりに見る記事は、うんざりするくらい内容をしっかり記憶していた。希子が青菜ソバを啜りながら、小さく肩を落とす。どうやら、彼女も同じらしい。

毎年五月に開催される文化祭で、音楽科の三年生でミュージカルをやった。恥ずかしがり屋の加害者は目立つ役を嫌がったのに、死亡した被害者Aは加害者に「みんなやるんだからお前もやるべきだ」と無理強いし、クラスメイト達もそれに同調したという内容が、それはもう悪意たっぷりに書かれている。

「これのせいで、俺達も随分叩かれましたよ。いじめの報復で殺されたなら自業自得。他にも殺されるべきいじめの加害者がクラスにたくさんいる。全員の名前と顔を晒して成敗しろって」

ちらりと隣に座る希子を見る。恵利原柊に襲われて生き残った被害者Bである彼女も、「被害者Aと同じくらい卑劣ないじめをしたに違いない。でないと襲われるわけがない」とSNSやネットニュースのコメント欄で好き勝手に書かれていた。

それを思い出したのだろうか、希子は鼻を鳴らして記事から視線を逸らした。

「あったあった。あと、そういう正義感を振り回すタイプだけじゃなくて、よほどのことがないと殺人なんてしない、加害者の言い分も聞いてあげてほしい～っていう、心優しい寛大な自分に酔っちゃってるタイプとか。昔いじめられてた憂さ晴らしをしたいのか知らないけど、恵利原に自己投影して擁護してる奴とか、厄介なのがたくさん」

「雪川の両親も、息子が殺された上に、名前と顔写真がすぐにネットに出回って、中傷されて、本当にありえないですよ。雪川の両親、確か事件の後に家を売って引っ越してますからね」

それでも、あんた達マスコミは我々のせいじゃないと開き直るんだろう？　嫌みっぽく石神を睨みつけたが、彼は眉一つ動かさない。

「大学に入ってからも酷いもんでしたよ。事件の関係者ってだけでなくて、附属校から進学してきた連中は、全員〈いじめの加害者〉って目で見られてましたから」

「そのいじめというのは、本当になかったんですか？」

慧也と希子の言葉などまるで聞いていなかったかのように、石神が再度聞いてくる。事件の関係者が当時どんな目に遭い、何を思いながらその後を過ごしてきたかなんて、全く興味がないという顔で。

「あのですね、まず、朝里学園大学附属高校音楽科は、一学年一クラスしかありません。当時の音楽科クラスは三十五人。ピアノ専攻が二十人で、あとの十五人は管弦楽器や打楽器、声楽の専攻でした。他のクラスは全部普通科で、カリキュラムも時間割も別々です。だから、三十五人のクラスメイトと三年間を過ごします」

「だから、陰湿ないじめも起きやすいはずだとマスコミも世間も考えた」

石神の言葉は、はっきりと無視してやった。

「いじめがあったという具体例としてあなた方が挙げる文化祭のミュージカルですが、あれは音楽科が高三で必ずやる恒例の出し物です。そして、音楽科は基本的に男子が少ないです。俺達の代は、三十五人中、男子はたったの六人でした。だから男子は必然的にミュージカルで重要なポジションをやらなきゃいけないんですよ。そんなのは、入学前から覚悟の上です。一年の文化祭のときだって、男子みんなで『二年後は俺達が歌って踊らないと〜』って言い合ってました。その中にはもちろん、恵利原だっていました」

慧也達が上演したのは『レ・ミゼラブル』だった。慧也は厳正なくじ引きの結果、主役のジャン・ヴァルジャンに、雪川は悪役であるジャベールになった。恵利原はマリウスだった。一番負担が大きかったのは間違いなく主役の俺だ。

「でも、加害者は嫌がっていたんですよね？」

「そんなことを言ったら、俺だって『ジャン・ヴァルジャンなんて勘弁してくれよ〜』って言ってましたよ。いくら音楽科の生徒だって、思春期の男子高校生が、専門でもないミュージカルをやるんですから、そりゃあ恥ずかしいに決まってるでしょう。恵利原も確かに『恥ずかしい』って言ってましたけど、俺と似たようなニュアンスだったはずです」

そんな恵利原に、雪川は確かに声をかけた。黒板の前で男子全員で一斉にクジを引き、女子達が「桃園がジャン・ヴァルジャンだ！」とか「ジャベールは雪川だ〜！」と囃し立てる中、彼は恵利原の肩を叩いて「みんなで恥かこう」と笑っていた。

恵利原だって、「そーだね」と笑っていたのだ。間違いなく。

週刊現実の記者にこの話をしたクラスメイトとやらも、恐らくその様子を語ったはずだ。それを都合よく受け取って、面白おかしく悪意たっぷりに書いたのはマスコミだ。

「私はファンティーヌ役でしたけど、恵利原君、楽しそうにマリウスをやってましたよ」

チャーハンをわしわしと掻き込みながら、希子が付け加える。そうだ、彼女はファンティーヌだった。青いドレスを着た彼女の肩を慧也が抱くシーンがあった。そのときの薄い肩の感触が、右の掌に蘇った。

「マリウスって、ファンティーヌの娘のコゼットと恋に落ちるじゃないですか。コゼット役が羽生ツバメさんだったんですけど、彼女とよく練習してて。見てた限りは、楽しそうでした。羽生さんがいつもニコニコしてるから、余計にそう見えたのかもしれないけど」

「ああ、それは俺も見た。昼休みとか、教室の後ろで台詞合わせしてたもんな」

文化祭本番だって、ミュージカルは大成功だった。慧也のノートパソコンの奥深くには、未だにそのとき撮った集合写真があるはずだ。後にサリエリ事件の被害者、加害者、関係者になってしまう自分達が、手作りの衣装に身を包んで、ステージの上で並んでいる。

主役だった慧也が真ん中で、隣に雪川がいた。確か羽生ツバメが「男子のみんなが一番頑張ったから」と、六人の男子生徒を集合写真の前列に押し出したのだ。

恵利原柊は……雪川の隣でピースサインをしていたはずだ。笑っていたはずだ。

そんな話をしても、石神の顔は能面のように動かなかった。感心することも驚くことも納得することもなく、ただ短く「そうですか」と頷く。

「少し話を変えてもいいですか?」

石神の声に応えるように、彼のグラスの中で氷がカランと音を立てた。一口も飲んでいないから、氷が溶けてグラスから薄まった緑茶があふれ出しそうになっている。

彼は別のバックナンバーを取り出した。事件からさらにもう一週間後の号だった。恵利原が犯行動機を口にしたときのものだ。事件の情報をあまり追わない方がいいと両親から言われていたのに、コンビニで見つけて貪るように読んだのを思い出す。

石神が開いたのは、まさにその記事のページだった。

「加害者の語った犯行動機について、どう思いますか」

石神の指が、記事の一節に伸びる。指が長く節くれ立った、大きな手をしていた。

口を開きかけた慧也を追い越すように、希子が苛立たしげに息をついた。

「犯行動機も何も、たいしたことは言ってないじゃないですか」

希子の言葉に、慧也は石神の指先を睨みつけた。そこにある恵利原の証言は、「被害者が羨ましかった。自分も大学に進学したかった」というものだった。

「加害者が大学進学を断念していたことを、お二人は知らなかったんですね」

「そりゃあ、俺達はみんな朝里学園大学にそのまま進学するつもりで、三年間過ごしてましたから。留学する人間ももちろんいますけど、他大学に進学する子だってそんなにいないし」

音楽科の生徒は、高三の七月には大学に推薦合格する。前期試験の結果を踏まえて合否が確定するのだが、ここで落ちる人間がいるとは聞いたことがなかった。

現に、三十五人のクラスメイトは、全員が朝里学園大学に推薦合格した。慧也も、希子も、羽生ツバメも、藤戸杏奈も。もちろん雪川も、恵利原も。雪川にいたっては特待生だった。

恵利原柊の両親が経営していた老舗の洋食店が年末に閉店……というか「潰れた」と慧也達が知ったのは、事件の後だった。そのせいで彼が大学進学を断念していたことも、ピアノを続けられない状況にあったことも、生徒は誰一人知らなかった。

週刊現実の記事も、そのことについて触れていた。進学断念を学校側はもちろん知っていたが、恵利原本人の希望で他の生徒には一切公表しなかったらしい。

音大に進学できないどころか、幼い頃から続けてきたピアノもやめなければならないというショックと、ピアノを続けられるクラスメイトへの妬み。それが身勝手な形で、首席である雪川織彦への恨みに変わった——まるで、それが凶行の理由で間違いないとばかりに記事は締めくくっている。

「よく覚えてますよ、この週刊現実の記事。雪川が特待生だから、雪川がいなければ自分が特待生として大学に行けると考えた身勝手な犯行。才能あるクラスメイトへの嫉妬に狂った加害者による凶行だって書いてましたもんね。一つ前の号では、いじめの報復だって恵利原を擁護して雪川を叩くような記事を載せてたのに」

嫌みったらしく言ってやったところで、石神が反応するとはもう思っていなかった。この男はきっと、自分が所属する組織や、作っている雑誌に対して碌《ろく》な矜持《きょうじ》を持ち合わせていない。何をどう皮肉ったって、罵ったって、時間の無駄だ。

加害者の語った犯行動機について、どう思いますか。

改めて、石神の問いを噛み締める。

「納得するわけないじゃないですか」

悔しいかな、言葉尻が震えて掠れた。テーブルの下で、自分の膝をぎゅうと摑んだ。

「あなた方は信じないでしょうが、うちのクラスにいじめなんてものはなかったんです。恵利原の家が大変だったのも、進学できなかったのも、ピアノが続けられなかったのも、同情します。それが自分だったら、ヤケを起こしたくなるくらい悲しいし辛いと思いますよ。でも、雪川の命を奪って、加賀美に大怪我をさせていい理由にはならないでしょう」

「そうですね。本当に、その通りだと思います」

愚問だとばかりに即答した石神に、何故か背筋が寒くなった。腹の底が見えない人間とは、こうも不気味なものなのか。

「あなた、週刊現実の記者なんですよね？　なんでそんな他人事なんですか」

堪らず問いかけた。確かに他人かもしれないが、少なくとも記者としてサリエリ事件のことを調べているくせに、どうしてそんなに淡々としていられるのか。目の前に横たわる川の流れを、右から左へ、ただ右から左へ、無感情に追いかけているようにしか見えない。

石神は答えるまでもないという様子で慧也を見る。黒ずんだ隈と、落ちくぼんだ二つの目が、どろりとした視線を向けてくる。

「そりゃあ、他の週刊誌とか、新聞とかテレビ番組とかネットニュースとかも、事件について報道してましたよ。嘘も本当も散々勝手に報道してましたよ。でも、最初にいじめだなんてデマを書いたのも、恵利原の犯行動機について書いたのも、サリエリ事件だなんて名付けたのも、あんたのところだったじゃないか」

あんた達だって、当事者に片足の爪先くらい突っ込んでるだろ。突っ込んでる自覚くらい持てよ。口汚く罵りそうになったとき、希子に名前を呼ばれた。

「桃園、話が逸れてるよ。長くなるだけじゃん」

ごちそーさま、と丁寧に両手を合わせた希子の皿は、海老チャーハンも青菜ソバも海鮮餃子も、鶏肉のカシューナッツ炒めも、綺麗に平らげられていた。冷えて固まった慧也の五目焼きそばと、手をつけてすらいない石神のキュウリの甘酢漬けが哀れだった。

「そうですね、サリエリ事件という名前を考えたのは、私の上司でした」

息を吞む音が、隣に座る希子と重なる。顔を上げると、石神は慧也と希子の顔を交互に、どろりどろりと音を立てるように見ていた。

「被害者が弾くはずだった『ラ・チ・ダレム変奏曲』の正式名称が〈モーツァルトの「ドン・ジョヴァンニ」の『お手をどうぞ』による変奏曲〉だと私が指摘したら、彼は『そりゃあいい、モーツァルトって誰かに殺されたんだろ』と大笑いしながら聞いてきました。アントニオ・サリエリの話を私はしました。上司はすぐさま、あの事件をサリエリ事件と命名しました」

「うわ、気持ち悪い」

笑い混じりに希子は言ったが、盗み見た横顔は眉間に皺が寄っていた。

「それに、加害者が弾いたのはベートーヴェンでしたから。これ以上相応しい名前はないと考えたわけです」

恵利原が卒業演奏会で披露したのは、石神の言う通りベートーヴェンの〈ピアノ・ソナタ第23番『熱情』〉だった。ベートーヴェンは、モーツァルトを毒殺したと噂されるサリエリの弟子だ。それを指摘したのも、この男だったのだろうか。

「悪趣味ですね。ていうか、サリエリ事件の名付け親、石神さんの上司じゃなくて、ほとんど石神さんじゃないですか」

今きっと、さっきの希子と同じ顔を自分はしている。この骸骨のような不気味な男が、あの事件の名付け親だなんて。彼の隈も、泥のような視線も、指の長い大きな手も、何もかも不吉で禍々《まがまが》しく思えた。

「俺達から話せることなんて、この程度ですけど。まだ何か聞きたいんですか」

話そうと思えば、雪川織彦のことも、恵利原柊のことも、いくらでも話せる。だって高校三年間、ずっとクラスが一緒だったのだ。

思い出は文化祭のミュージカルだけじゃない。入学式の日、どんな言葉を交わしたか。教室で授業を受けているとき、どんな様子だったか。一緒に弁当を食べたり、宿題をやったり、レッスンを受けに行ったり。課題として出された楽譜を互いに見せ合って意見を出したり、コンクールの情報交換をしたり。ピアノも音楽も何も関係ない、漫画やテレビ番組の話をして、ゲラゲラ笑い合ったりした。

そうそう、俺が美容院で前髪を切りすぎたときのことだ。雪川は「日に当てれば早く伸びるはずだ」と言い張り、恵利原が「紫外線はむしろ毛根によくない気がする」と言って、窓から頭を突き出す慧也を止めた。羽生ツバメが「いっそ伸びるまで前髪を上げておくといいですよ」とピンク色のヘアピンを貸してくれたが、結局一度も使わず返した。

そんな話は、絶対にしてやらない。してやる義理などない。

通りかかった店員が希子の皿を下げていく。ついでに自分の五目焼きそばも下げてもらった。石神は何も言わず、ジャケットを手に席を立った。

「ありがとうございました。いい記事が書けそうです」

何がいい記事だ。吐き捨てたいのを寸前で堪えて、慧也も椅子を引いた。

三人分の会計をまとめて済ませ店を出たところで、石神は丁寧に一礼してきた。丁寧なのに、心などちっとも籠もっていないのがつむじからわかる。

「記事、いつ出すつもりなんですか」

改めて対峙する石神は背が高かった。ぎょろついた目で慧也を見下ろし、彼は三月中旬の日付を口にした。

「今年の卒業演奏会当日に出る号で、と考えています」

「ホント、つくづく悪趣味っすね」

今度は我慢せず吐き捨ててやった。マスコミという存在は、どうしたって好きになれない。四年前に散々思い知ったのに、改めて思った。

「お二人もまた卒業演奏会に出られるんでしたよね？　でしたら、どうぞ本番が終わったら読んでください。見本をお送りします」

「結構ですよ。読みたきゃ勝手に買います」

なあ？　と希子を振り返る。こちらが言い終えないうちに、「私は読まない」とスタッカートの利いた返事が飛んでくる。

そんなことは意にも介さず、石神は「それでは」と再び一礼した。

「石神さん、ピアノやってました？」

一歩、二歩と離れていくひょろ長い背中に、慧也は投げかけた。とん、と踵を鳴らした石神は、ぎこちない動きで慧也を見た。

色濃い隈が左右に引き延ばされ、落ちくぼんだ目は見開かれ、側の飲食店のネオンが赤く映り込んでいた。やっと一泡吹かせてやれたと、笑い出しそうになった。

「どうして」

「加賀美がロン・ティボーで二位だったこと、『ラ・チ・ダレム変奏曲』の正式名称のことを話すときも、サリエリの名前を出したときも、ものすごく自然にすらすら話したから、クラシック音楽に詳しいんだなと思って。事件について一から聞いてくるくせに、音楽関係のことについては初歩的な質問をしてこないし。あと、指が長くてピアノに向いてそう」

石神の右手を指さす。長い指だ。それに、指がよく広がりそうな大きな掌をしている。鍵盤の上を、力強く、大きく行き交うことのできる手だ。

「中三でやめました。その程度の人間です」

今にも砂粒になって消えそうな、乾ききった言い方だった。石神が音もなく溜め息をついたのが、彼の唇の端から舞い上がった白い息でわかった。

＊

「いじめが原因だったらよかったんだよ」

希子がそんなことを言ったのは、駅のホームで新宿方面行きの電車を待っているときだった。石神と随分長いこと話していた気がしたが、時刻はまだ午後九時前だ。混み合うホームで列の先頭に並びながら、彼女は目の前に設置された巨大な看板広告をぼんやり眺めていた。

「恵利原のこと？」

「いじめなんて愚かなことをやった自分が悪い。見て見ぬふりをした自分が悪いって納得できたじゃん。世間の皆々様から叩かれるのも、大学で後ろ指を差されるのも、ピアノを弾くたびに右腕が気になるのも、ぜーんぶ自業自得だって。雪川君が死んだのだって、ちょっとは彼にも落ち度があるって、そう思えたかも」

コートの上から彼女が右腕を摩《さす》っているのに気づいたが、見ないふりをした。

「私さ、恵利原に怪我をさせられたあと、控え室で救急車が来るまで、ずっと考えてたんだよ。このままピアノが弾けなくなったらどうしよう。腕が動かなくなったらどうしよう。どうして顔と頭を腕で守っちゃったんだろう。そんなことをずっと考えてた」

「うん」

「大学生になってからも、パリに行ってからも、ピアノを弾くたびに思うよ。なんであいつは、私を襲ったのかって」

「うん」

「だから、私に傷をつけた理由を、もっとはっきり言葉にして聞かせろ、って話だ。何が雪川が羨ましいだ。何が大学に行きたかっただ。そんなんで納得できるか。あいつは絶対に、本当のことを言ってない」

うん、ともう一度頷く。次の電車が前の駅で安全点検のために少し停車している、というアナウンスが聞こえた。それに背中を押されるように、慧也はぽつりと呟いた。

「恵利原、どんな気分で卒業演奏会に出てたのかな」

「あいつに同情するの？」

「そうじゃないけど、俺は恵利原も一緒に大学に行くもんだとずっと思ってたから」

あいつが、あんな事件を起こすまで、ずっと。

何も知らずに、『熱情』を弾き終えた恵利原に声をかけた。他愛もない話をしただけだが、何か、触れてはいけない部分に触れてしまったんじゃないか。そんな恐怖がずっと――四年前からずっと、こめかみのあたりに、ある。

「あの日、恵利原がステージから戻ってきたところで、雪川のチョコレートの話をしたんだ」

「ああ、雪川君のチョコのジンクスね」

コンクールの控え室で、レッスンや自主練習の前の教室で、彼はしょっちゅうチョコレートを食べていた。それも、アーモンドやクッキーが入ったものではなく、板チョコだ。

「雪川君、毎日食べてたよね。銀紙をびりびり破いて、板チョコを両手で持って、バリバリ齧ってた。血糖値が上がっていいのかもしれないって思って真似したことがあるけど、鼻血が出そうになったのを覚えてる」

「俺もあるよ。やっぱり、雪川がちょっとおかしかったんだよ」

雪川にとって、チョコレートはピアノを上手く弾くためのジンクスで、深く集中するためのスイッチ。クラスメイトはみんな知っていたし、チョコレートを一心不乱に齧る彼を、畏怖の念をこめて見ていた。

「恵利原にさ、本番前にチョコレートが盗まれたら雪川はどうなるかな？　やってみるか？　って言った」

希子が黙る。唇を引き結んだ彼女の視線が、慧也の頬に突き刺さった。混み合うホームの雑音が、怖いくらい大きく聞こえた。

「もちろん、百パーセント冗談だった。でも、意地の悪い話をした」

「そんなの、普通にするじゃん。自分より明らかに上手な子の本番中に、失敗してくれって願ったりするのと同じでしょ」

そう、そうなのだ。その程度のつもりだったのだ。

でも、それでも。

「ああいう一線を越えちゃうきっかけって、どんなものなんだろうな」

恵利原は決して、人を殺せるような猟奇的な気質を持って生まれてきた人間ではなかったはずなのだ。少年が心に抱えた闇が～とか、幼少期の体験に殺人の衝動が～とか、そんな報道も少しはされたが、クラスメイトだった自分達が一番よくわかっていた。あいつは、決してそういう奴ではなかった。

なら、そういう人間が一線を越えてしまった理由は、きっかけは、一体何なのだろう。

「知らないよ」

希子の反応は素っ気なかった。

「恵利原ってさ、その、どういう顔をしてた？」

加賀美に、襲いかかったとき。そう続けると、舌の付け根に嫌な苦味を感じた。希子はまた顔を顰めるに違いないと思ったのに、彼女は意外と凪いだ表情でいた。

「顔、覚えてる？」

「うん、覚えてる。でも、何て言えばいいかわかんない」

ホームに吹き込んだ夜風に希子の前髪が乱れる。髪を撫でつけながら、彼女は「わかんない」と繰り返した。

「怒ってるとか、悲しんでるとか、楽しんでるとか、そういう顔じゃないの。思い出すたびに変わるんだよね。映画で見た猟奇殺人鬼の顔のときも、親の仇を取ろうとする人の顔のときも、誰かを守るために人を殺しちゃった人の顔のときもある。腹が立つことにね」

彼女が短い溜め息をつくのと同時に、新宿行きの電車がホームに入ってきた。

電車に乗り込んでからは、たいした会話はなかった。並んで吊り革に摑まり、窓ガラスに映る互いの顔を眺めながら、「餃子までよく入ったな」とか「桃園はほとんど残してたけどお腹空いてないの？」とか、そんなやり取りばかりをした。

新宿で希子と別れ、自宅の最寄り駅に辿り着いても、ずっとチョコレートのことを考えていた。家へと続く路地の外灯の細い明かりが、奇妙なくらい眩しかった。

まさか、恵利原は本番前に雪川のチョコレートを盗んでやろうと思って、彼の控え室に行ったのだろうか。いや、ならカッターナイフをわざわざ持っていくわけがない。最初から、雪川を傷つけるつもりでいたんだ。もしかして、本番前にちょっとしたドッキリでもしかけて、雪川の演奏を台無しにしてやろうと考えたのかもしれない。進学できない憂さ晴らしのつもりだったのかもしれない。

「じゃあ、なんで殺しちゃったんだよ」

胸の奥、一番深い部分に向かって吐き捨てた言葉は、ちゃんと声になっていた。熱かったはずの声は夜の冷気にあっという間に溶け、白い息に姿を変えて、慧也の額に当たって消える。

自分が何に苛立っているのか、怯えているのか、とっくにわかっていた。四年前からずっとわかっていた。

俺の冗談が、「雪川織彦に何かしらの危害を加えよう」と思わせたきっかけだったら、どうしよう。殺すか、殺さないか。恵利原柊にその一線を越えさせたのが俺の馬鹿みたいな冗談だったら、どうすればいい。

足早に家へと向かった。吐き出す息はどんどん白くなり、次第に粗っぽい息遣いが混ざるようになる。

ピアノを弾こう。冷え切った指を温め、ショパンを弾こう。間違っても、ノートパソコンの奥に眠る『レ・ミゼラブル』の記念写真なんて見ちゃいけない。

だってそこには、元気な雪川織彦がいる。笑顔の恵利原柊がいる。ジャン・ヴァルジャン役をやり遂げたばかりの慧也もいる。希子もツバメも杏奈もいる。附属校で三年間を過ごしたクラスメイトが、全員写っている。

早く、ショパンを弾こう。青く美しく、でも触るとキンと冷たい。宝石のようなショパンに浸って浸って、潜って潜って、サリエリ事件から逃れよう。

不気味なほど濃い隈の貼りついた石神の目が、そんな自分の背中を睨みつけている気がした。

第三章　サリエリの秘密

◆羽生ツバメ

せっかく借りたレッスン室だというのに、羽生ツバメはぼんやりと鍵盤を眺め続けていた。

大学内のレッスン室は数が限られるから、当然ながら学生同士の奪い合いだ。自分のレッスンや講義の合間を埋めるようにレッスン室を予約して練習時間を確保し、ピアノに触れられる時間を大事に扱う。自宅にピアノを弾ける防音室があるとはいえ、ツバメだってそれは同様だった。

ただ、直前のレッスンで錦先生に「文句のつけどころのない『火の鳥』だった」と言われたのが、耳たぶに引っかかって離れてくれない。わずらわしいくらいに大振りな、イヤリングみたいに。

自分の演奏した『火の鳥』に不満があったわけではない。ただ、雪川織彦だったらどう弾くのかと、そんなことを考えてしまう。

彼みたいにピアノを弾きたい。彼のトレースがしたいわけではない。二つの気持ちが、一粒の差もなく綺麗に半分ずつ、ツバメの胸の真ん中にある。

鍵盤に指を置いた。鼻から大きく息を吸って、吸い込んだ酸素を指先へと行き渡らせる。一歩、ピアノへ自分をめり込ませる。

無機質なレッスン室は、荒々しい音符の足音で魔王が支配する森になる。歩くたびに割れたガラスを踏みつける音がして、木々の枝葉は赤と紫とオレンジ色が斑《まだら》に混ざり合って、風とは関係なく唸るように揺れる。火の鳥を捜す王子を、奥へ奥へ誘い込む。不気味に、ゆるやかに旋律は流れていく。

その景色は、雪川のものなのか。ツバメのものなのか。ときどきわからなくなる。もう雪川織彦はこの世にいないのだから、そんなことは関係ない——すべてツバメのものにしてしまっても誰も文句は言わない。

でも、この世にもういない雪川織彦の幻影は、いつまでもピアノを弾き続ける。彼のピアノは決して色褪せず、ツバメの頭の中でどんどん磨かれ、常にツバメの前を行く。

絶対に、ツバメに影を踏ませてくれないのだ。

そう思った瞬間、自分の音が曇る。ストラヴィンスキーが残した美しい音符の並びから、声が滲み出てくる。

——そっちに入っちゃ駄目！

四年前の卒業演奏会の、あの日。ドビュッシーの『喜びの島』を弾き終えたツバメは、ピンク色のドレスの裾を摘まみ上げ、スキップしながらステージ裏へ戻った。歩くたび、オフショルダーの柔らかな袖がふわふわと揺れた。

本来なら舞台袖から楽屋へ続く通路にドア係がいるはずなのに、誰もいなかった。だからツバメは自分でドアを開けた。

最初に、ドアの前を慌ただしく駆け抜けていくドア係の男性が見えて、次に、廊下に蹲《うずくま》った加賀美希子の真っ赤なドレスが目に入った。どうしてだか、彼女のことを女性スタッフが抱きしめていた。

彼女の右腕がタオルのようなものでぐるぐる巻きにされていて、その布がドレスと同じくらい赤いことに気づいて、廊下に同じ赤色が飛び散っていることに気づいて――ツバメは希子に駆け寄ったのだ。

「ど、ど、ど……」

どうしたんですか、とは、舌が絡まって言えなかった。

駄目だよ、あっちに行って！　と誰かが制してきたが、ツバメは構わず、廊下にできた血溜まりの行き先を追いかけた。点々と延びる赤い道は、加賀美希子の控え室ではなく、隣の部屋に延びていた。

雪川織彦の控え室に。

「駄目、そっちに入っちゃ駄目！」

叫んだのは、希子を抱きしめていた女性スタッフだった。雪川織彦の控え室から男性――学園の職員が飛び出してきて、ツバメの前を塞いだ。

職員の白いシャツには、廊下に飛び散ったのと同じ、赤色がついていた。

彼が何と言ってツバメを遠ざけたのかは、覚えていない。ツバメは、彼の脇腹のあたりから見えてしまった光景に、呆然と立ちすくんでいた。

クリーム色のソファを三人の大人が囲っていた。ツバメがよく知るピアノの先生もその中にいた。

ソファには、白いシャツを着た誰かが横たわっていて、二人が人工呼吸と心臓マッサージをしていた。

倒れているその子の顔ははっきり見なかったが、わずかに見えた右耳だけで雪川織彦だとわかった。この三年間、散々見てきたのだ。ピアノを弾く彼の右手、右足、右目、右耳、右から見た鼻筋、唇、喉仏、右胸、右脇腹……右半身の、すべてを。

「何があったんですか？」

聞いても、ツバメを連れ出した職員は答えてくれなかった。

廊下にいたはずの希子は、自分の控え室に移されていた。女性スタッフに抱きしめられたままソファに座る彼女に、ツバメは飛びついた。

このままここを追い出されて堪るか。どうしてだか、そんなことを考えたのだ。

「加賀美さん、手伝います」

女性スタッフはツバメを止めようとしたが、ツバメが希子の腕を心臓より高い位置に持ち上げると、「ごめんね、ありがとう」と肩を落とした。

止血されたとはいえ、希子の腕はいつも以上に細く白かった。優しく触れたつもりが、赤く染まったタオルの奥で、裂けた皮膚がぐにゃりと歪むような、そんな生々しい感触がした。

その瞬間、希子の腕がぶるりと震えた。

「ど、どうしよ……っ」

喉を痙攣させた彼女が、女性スタッフの胸に縋りつく。

「ピアノっ、ピアノぉ……！」

ピアノ、弾けなくなっちゃったらどうしようっ……声を震わせて希子は泣いた。子供みたいだった。スーパーでお菓子をほしがって癇癪《かんしゃく》を起こしているような、剝き出しの感情を震わせて大泣きしていた。女性スタッフが「大丈夫、大丈夫」と彼女の頭を撫でたけれど、「どうして大丈夫ってわかるのぉ！」と繰り返す。

いつだって凜と背筋を伸ばしていて、大人びていて、クラスメイトより見える世界の半径がちょっと大きい。そんな加賀美希子が子供みたいに泣き喚いていて、自分が持ち上げた右腕は彼女が息をするたびに震えた。

白い手の甲が、皮膚のキメに沿って赤くなっていた。赤いレースの手袋をつけたみたいに、血を拭ったあとが残っている。

ああ、そうか。これは血なんだ。ツバメがそう思い知ったのは、自分のドレスの裾に赤いシミを見つけたときだった。この血は、加賀美希子と雪川織彦、どちらの血だろう。

誰が。どうして。どうやって。

考えているうちに、救急車の音が聞こえた。

「……嘘」

重苦しい回想から、やっと帰ってこられた。全然違う音なのに、『火の鳥』のラストが、救急車のサイレンに重なる。低音から高音へ駆け上がるクレッシェンドが赤く煌めいて、ツバメの耳の奥でけたたましく鳴り響いた。

無音のレッスン室で、ツバメはしばらく両手を握り締めたままでいた。息を吸って、吐いて。繰り返すことで、自分の中からサリエリ事件を追い出す。

でも、無意識に雪川織彦の最期の姿を瞼の裏に残しておきたいと思ってしまって、事件の欠片がこめかみにこびりつくのを感じた。

「あー、もう。嫌い」

嫌いなのは、もうこの世にいない彼の音を、縋るように探してしまう自分だ。

レッスン室の鍵を受付に返し、校舎を出た。午後六時までの予約だったのに、まだ五時前だった。年末に比べると少しだけ日が長くなったが、スミレ色と群青が溶け合った空にはツバメの白い息が舞い上がった。

色と色の境に線を引くように、飛行機雲が見えた。気持ちがいいほどに真っ直ぐ、空を横切っていた。

スマホを構え、ツバメはその光景を写真に収めた。なんの加工もせず、なんのハッシュタグもつけず、インスタグラムにアップする。投稿には無機質に日付と時間だけが記された。

日本で過ごすのもあと一ヶ月と少しだと思うと、こんな些細な光景もわざわざ残しておきたいと思うようになった。モスクワもきっと美しい街だろうけれど、空の色も飛行機雲のたたずまいも、きっと違うから。

投稿にはすぐに「いいね」がついた。本名でやっているインスタグラムは、チャイコフスキー国際コンクールを境にフォロワーが大幅に増えた。今や、フォロワーのほとんどが見ず知らずの人だ。

多くのフォロワーは、四年前の卒業演奏会でツバメが『喜びの島』を弾いている最中に殺人事件があっただなんて知らない。そう思うと穏やかな気持ちになれた。

本名でSNSを始めたのだって、抵抗だった。「羽生ツバメがピアノを弾くと人が死ぬ」なんて陰口を叩く人がいる中で、こそこそ息を殺していたくなかった。サリエリ事件なんて知らない人に見つけてもらって、今の自分を見てもらって、そうやって事件から距離を取っていくのだと思った。

二度目の卒業演奏会は、そのための舞台だ。

スマホの画面を見下ろしながら、ツバメは静かに決心した。まるでそれを見計らったように、ポロンと通知音が鳴る。ツバメのアカウント宛に、見ず知らずのフォロワーがメッセージリクエストを送ってきた。

リクエストのタブに表示された「1」のマークに、恐る恐る触れる。メッセージリクエストは承認しなければ相手に既読通知は届かない。

わかっているのに、送られてきたメッセージを一行読んで、息が止まった。

【突然のご連絡失礼いたします。週刊現実の石神と申します】

無機質な挨拶から始まったメッセージは、ツバメをまた、サリエリ事件のど真ん中に突き落とす。

＊

「そもそもさあ、そのメッセージになんで返事しちゃったの？　無視すればよかったじゃん」

隣に座った藤戸杏奈が、今日何度目かの溜め息をつく。はあああ……という、芝居がかった重苦しい溜め息だ。

「だって、慧也君と加賀美さんはインタビューを受けたって書いてあったんですよ？　私だけ受けなかったら……」

「サリエリ事件のことなんてすっかり忘れて幸せに生きている～って書かれるんじゃないかって？」

「四年前もそんなふうに好き勝手に書かれたじゃないですか」

週刊現実の石神という記者からの取材依頼は、ツバメへ宛てたものだった。メッセージを確認してすぐ、杏奈に「一人は怖いから一緒に行きましょう」と連絡したのだ。石神も、二人で取材に応じることを了承した。なんだかんだ文句を言いつつ、杏奈も一緒に来てくれた。

「いきなりメッセージが来るからびっくりしちゃってびっくりしちゃって。せっかく綺麗な写真を撮ったタイミングだったのに」

「綺麗な写真って？」

「これです。インスタにあげてたやつ」

スマホを出して、先日撮った夕空と飛行機雲の写真を見せる。「へえ、綺麗だね」と杏奈が呟いた瞬間、酷く長身の男が店に入ってきたのが見えた。

「うわ、アレだよ。絶対アレだよ。ツバメ、大体どうして待ち合わせをここにしちゃったの。めちゃくちゃ浮いてるよ、あの記者」

待ち合わせは、大学の側のカフェにした。卒業演奏会への選抜を伝えられた日に杏奈と来て、卒業までに全種類のケーキと紅茶を制覇しようと約束した店。憂鬱な取材なら、せめて気分の上がる場所でと思ったのだけれど。

現れたのは、黒尽くめとしか言いようのない服装の男だった。店員に一言告げると、滑るようにこちらに近づいてくる。白壁と北欧風の内装に囲まれたカフェに全く似合わない。恐ろしいほど、似合わない。

「だって、今ならバレンタイン特別メニューがあるなあと思ってしまって……ほら、これこれ、この前シェアしたやつ」

少し前にインスタのストーリーでシェアしたこの店の告知をスマホに出す。杏奈は見ていなかったらしく、「うわ、確かに美味しそうだ」と目を瞠った。

でも、

「週刊現実の石神です」

ツバメと杏奈を見下ろし名刺を差し出した石神を見て、自分の判断は間違っていたなとツバメは思い知った。目元に墨でも塗りたくったみたいな隈を作った石神は、幽霊の一人や二人引き連れていそうな雰囲気だった。

やばい、この人やばいって。杏奈が石神の隈とツバメを交互に見て訴えてくる。

「羽生ツバメさんと、藤戸杏奈さん、ですね」

頼りない眼窩からこぼれ落ちそうなぎょろついた目が、ツバメを見て、次に杏奈に向く。

その姿に、ふと思い出した。

「私、石神さんのこと、覚えてます」

え？　と杏奈が声を上げるのと、石神がツバメを見るのが重なる。睨まれたような感覚が、頬を走った。

「サリエリ事件のあと、学校で全校集会が開かれて、事件のことを聞かされて……下校のとき、テレビや新聞の人が校門で大勢待ち構えてて」

「ああ、あったあった。事件をどう思いますかー？　被害に遭った子はどんな子でしたかー？とか、普通科の子にまで聞いて回ってた」

そうだ。特に、雪川織彦と恵利原柊と一緒に卒業演奏会に出ていたメンバーは、名前と顔がプログラムから割れていたから、餌に群がる魚のように彼らは近寄ってきた。

「しつこく話しかけてきた週刊現実の記者さんの後ろに、ずっと石神さんが立ってたの、覚えてます」

たった四年前のはずなのに、記憶にある石神は今よりずっと若々しく思えた。目の下にこんな隈なんてなかった気がするし、こんな穴ぼこのような目でもなかった。瞳に光が射す余地くらいはあった。

　ただ、矢継ぎ早に質問を浴びせてくる記者よりずっと鋭い目を彼はしていた。ツバメは石神の視線を何度か夢に見たくらいだ。

「あの頃は大学を卒業したばかりの新人だったので、先輩の後ろをついて回っていたんです」

　その節はどうも、とつけ足した石神の表情は、素っ気ないというより、愛想よく振る舞うエネルギーが涸れ果てているような印象を受けた。愛想だけではなく、自分の感情に合わせて表情を変えたり、感情そのものを体内で感じ取ったりする機能そのものが、失われてしまっているのかもしれない。

　雪川君のピアノの対義語みたいな人だ——石神が長い指をストレッチでもするように擦り合わせるのを眺めながら、そんなことを思った。

「四年前の卒業演奏会のことを、改めて聞かせていただけますか」

「といっても、私は一番手だったから何も知らないですよ」

　石神の問いかけに、先に反応したのは杏奈の方だった。店員が場違いなくらいにこやかに注文を取りに来て、ツバメと杏奈はルビーチョコレートのケーキと紅茶を頼んだ。紅茶が何十種類とある店なのに、石神はブレンドコーヒーを頼むだけだった。

「私は自分の出番が終わって、舞台袖で二番手の桃園君とちょっとだけ話をして、控え室に戻りました。着替えを済ませて、客席で他の人の演奏を聴いてたら、ツバメの次の加賀美さんが全然現れなくて」

記憶の糸をたぐっているのか、杏奈の言葉尻が少しだけ細くなる。視線を泳がせ、「ああ」と漏らす。

「どうしたんだろうと思って、一度ホールを出ました。そういう人が他に何人もいて……エントランスから、救急車が来ているのが見えました。すぐにパトカーも来て、客席に戻れと言われて、大人しく言われた通りにして、しばらくしたらもう帰っていいと言われたから親と一緒に帰りました」

多くのクラスメイトが同じ状況だったはずだ。彼らに事件のことが知らされたのは、その日の夜だったという。

「でも、羽生さんは違いますよね」

石神の目がこちらを向く。悪いことなど何一つしていないのに、どうしてだか生唾を呑み込んでしまう。

「私は、本番を終えて控え室に戻ろうとしたら、目の前が事件現場だったので」

このことは、何度も人に話した。親にも話したし、ツバメの精神状態を心配した両親が連れていってくれたカウンセリングでも話した。話せば話すほどあの状況がクリアになり、ツバメの中に強く残った。

「でも、恵利原君の姿は見てないんです。多分、取り押さえられて、空いてる控え室かどこかに連れていかれたあとだったんだと思います。血だらけの加賀美さんが廊下にいて、とんでもないことが起こっちゃったんだと思って」

でも同時に、何が起こったのか知りたいと思った。だから、血痕を追って雪川織彦の控え室を覗いた。

「雪川君は、控え室のソファに倒れていて、心臓マッサージをされていました」

雪川織彦の右耳を見た。心臓マッサージの動きに合わせて無機質に上下する彼の体と、ソファからはみ出た爪先がふらふらと揺れるのを見た。

彼は無事なのか。何が起こったのか。知らないまま追い出されるのが怖くて、加賀美希子の介抱を手伝った。救急車に二人が運ばれたあと、学園の職員とクラス担任に付き添われて、両親と合流した。

「帰り際、担任だった高橋《たかはし》先生に聞いたんです」

すでに、客席にいた一般客やクラスメイトはみんな帰っていた。動揺しながらも足早に去ろうとする両親の手を振り払って、先生に聞いた。

「恵利原君がやったんですか、って、聞きました」

希子を介抱しているとき、救急隊員が彼女をストレッチャーに乗せて運んでいくとき、やって来た警察から遠ざけられるように、自分の控え室に連れていかれたとき、現場に居合わせた大人達がたびたび恵利原柊の名前を口にした。

恵利原はどこに連れていった？

恵利原君は静かにしてるの？

恵利原は怪我はしてないのか？

○○先生は？　恵利原君についてるの？
混乱の最中、目を回しながら彼らは「恵利原」の名前を連発した。

そう話す自分のことを、杏奈と石神が食い入るように見ている。どちらの目を見て話せばいいのか、だんだんわからなくなってくる。

店員がカートでケーキを運んできた。ツバメと杏奈の前に置かれたルビーチョコレートのケーキは、ピンク色が怖いくらい鮮やかで、ハートの形のケーキの上であまおうが上品にたたずんでいた。

ツバメはラムレーズンのフレーバーティーを、杏奈は焼き栗の香りがするというショーレマロンを頼んだから、ポットからカップに紅茶を注ぐと、テーブルは甘い香りに満ち満ちていく。石神のコーヒーの香りには、素っ気ない苦味が混ざっている。

でも、この話の流れで、ケーキや紅茶を口にする気分にはなれなかった。

「悲しいですよ」

どうせ石神に聞かれるのだからと、ツバメは先回りして言葉にした。

「私がドビュッシーを弾いているとき、ステージ裏でそんなことが起こってたなんて、未だに信じられないです」

でも、雪川織彦が死んだのも、恵利原柊が加害者として捕まったのも、事実なのだ。どうしようもなく、事実だったのだ。

「事件のあと、いじめがあっただとか、いろいろ報道されましたけど、そんなことは全然なかったはずです」

「文化祭でのミュージカルのことを、桃園さんと加賀美さんから聞きました」

「レミゼのことですよね。そこで恵利原君へのいじめがあったって、週刊現実が書いていた」

ふう、と溜め息を無意識についていた。どうしてか、高校時代のことを思い出すと、必ずそうしてしまう。

「私がコゼットで、恵利原君がマリウスでした」

二人は恋に落ちる。当然ながら一緒にいるシーンが多い。そうでなくても、ミュージカルは台詞の発声も仕草も普通のお芝居よりオーバーになるから、ふとした拍子に恥ずかしさに襲われる。

恵利原柊も、そうやってよく台詞を噛んでいたっけ。

「ごめん、俺、羽生さんの目を見たら動揺して噛むし、台詞も飛ぶみたいだ」

あの日、午前中の通し稽古で台詞を噛み噛みだった恵利原と、昼休みに自主練習をした。中庭の隅っこの、大きなケヤキの木の下で。

遊び方のわからない玩具を弄ぶみたいに、彼は台本を胸の前で閉じては開き、開いては閉じを繰り返した。

「ええー、なんか酷くないですか?」

「別に、顔が面白いとかそういうことじゃなくて。目が合うと緊張しちゃうってこと」

いい天気だった。四月の終わりの、少し蒸し暑い日だった。恵利原は制服のブレザーを脱いで、ベンチの背もたれにかけていた。よくアイロンのかけられた真っ白なワイシャツの肩口で、ケヤキの木漏れ日が揺れていた。

「そういうときは、眉間を見るといいですよ。そうすると目が合わないって聞いたことがあります」

ほら、と前髪を上げてみせる。恵利原はほんのちょっと顔を顰めて、戸惑い気味に台詞を口にした。ご丁寧に台本を持ってきてはいるが、台詞はほとんど頭に入っているのだ。

「ほら、噛まずに言えた」

「ごめん、でもやっぱりちょっと緊張する。羽生さん、眉間にも目があるんだよ、多分」

「あるわけがないでしょう!」

あはは、と声を上げて笑った瞬間、ケヤキの木が揺れて、木漏れ日が恵利原の顔に落ちた。

〈眩しい〉ではなく「あぶしっ!」と言った彼の目が、左右非対称なことに気づいた。

「恵利原君、よく見たら左右で目の形がちょっと違うんですね」

人間の顔が正確に左右対称でないことはわかっているが、恵利原の場合、明らかに左だけがちょっと吊り目だった。そのおかげで右目の方が大きく見えて、瞳が光をたっぷりと吸い込んで、瞬きのたびにくるくると色を変えた。

「そうだよ。左がちょっとだけ吊り目なの」

「小さい頃からですか?」

「多分、そう。小学生の頃の写真もそうだから」

吊り目を際立たせるように目尻をキュッと持ち上げて、恵利原は肩を竦める。もしかしたら、そのことが意外とコンプレックスだったのかもしれない。

「三年間同じクラスだったのに、全然気づきませんでした」

「真正面からよーく見比べないとわからないからね」

吊り上がって鋭利な雰囲気の左目と、光をよく吸収する真ん丸な右目。二つを交互に見ていたら、ふと閃いた。

「じゃあ、恵利原君って横顔の印象が左右で変わるんですね」

近くのベンチに台本を放り投げ、彼の周囲をくるくる回って横顔を確認する。戸惑いながらも、恵利原は大人しくその場に立っていた。

「恵利原君がピアノを弾いてるとき、とても楽しそうに見えるんですよ。昔から一緒の友達とお喋りしてるみたいな、穏やかな感じ」

「そ、そう？」

「多分、ピアノを弾いてるときは基本的に右目ばかり見えるから、余計にそう感じるんでしょうね」

右側から見た恵利原の横顔は、ちょっと子供っぽい。雨上がりの薄曇りから覗く、淡い色味の空みたいだった。雲が晴れて、少しずつ無邪気に色が濃くなっていく。そんな予感をまとった顔。

恵利原柊のピアノは、とても誠実だった。決して裏切ることのない親友と絆を結ぶような演奏をする子だった。だから安心して聴いていられた。その安心感は、彼のあどけない横顔の影響もあったのかもしれない。

「ねえ恵利原君、コゼットと一緒のときは右目を、それ以外のシーンではできるだけ左目を客席に向けるように立つといいですよ。ヴァルジャンを前にしたら左目でキリッと、でもヴァルジャンが恩人だと気づいて、コゼットと一緒に彼のもとに向かうときは右目を見せるんです」

きっと、マリウスの心の機微が、目を通して観客に伝わる。熱弁したツバメに、恵利原はちょっとだけ気圧されている様子だった。

でも、言われるがまま立ち稽古をしたら、彼は一度も台詞を噛まなかった。二人で歌う『心は愛に溢れて』だって、一度も音を外さなかった。

ピアノと一緒で、役者である自分の見せ方さえ摑めば、あとは何とかなる。だって、ツバメも彼も音楽を志す者なのだから。楽器の使い方を把握すれば、あとは自分で何をどう表現するか——いつも戦っているフィールドだ。

それから、中庭や教室の後方で、しょっちゅう練習した。授業の合間に教室ですれ違ったとき、ツバメが戯れに台詞を投げかけると苦笑いしながらもちゃんと応えてくれた。

ミュージカルに使う衣装や大道具を作っているときだって、そう。指を傷つけないようにみんなで革手袋をして、恵利原のカッターナイフで段ボールをカットして大道具を作った。借りたカッターを返すとき、『心は愛に溢れて』の一節を口ずさんだら、彼が続きを歌ってくれた。

それを見た雪川織彦が「よし、俺達も対抗して歌わなきゃ」と桃園慧也の肩を叩いた。段ボールをガムテープで繋ぎ合わせて、模造紙を貼って、色を塗りながら、『民衆の歌』を二人は歌った。夏に向かってどんどん日が長くなっていく中、夕刻の空は青と橙が混ざり合っていた。

あの歌の歌詞の通り、一人、二人と歌う人間が増えていき、最後はクラス中で大合唱になって、普通科の同級生が何事かと教室を覗きに来た。

「最初は恥ずかしいから嫌だったけどさ、やってみたら結構楽しかったよね」

恵利原がツバメにそう笑いかけたのは、文化祭当日、『民衆の歌』と共に無事ミュージカルが終わって、カーテンコールに向かう直前だった。マリウスの真っ青な衣装に身を包んだ彼は、右目をほんのちょっと潤ませて、「楽しかった」と繰り返した。

「そうですね、楽しかったですね」

ドレスの裾を摘まんで、ツバメはカーテンコールのためにステージに飛び出した。照明が眩しく、少しだけ目が眩んだが。どかどかとステージに現れたクラスメイトと手を繋いで、客席に一礼した。

そのときの拍手の音圧は、よく覚えている。自分のピアノに向けられる賞賛の拍手と同じくらい、胸が高鳴り、体中の血液が沸き立った。顔を上げて吸い込んだ空気が、目を瞠るほど甘く感じた。

でも、その甘さは、チョコレートの甘さとは違う。

ルビーチョコレートのケーキを睨みつけながら、ツバメはそう思った。一口も食べていないのに、それだけはわかったのだ。

「この話を聞いても、いじめがあったと思いますか。私が、いじめがあったことを保身のために隠していると思いますか」

コーヒーに一切手をつけず、石神はツバメを見ていた。嘘をついていないか、ツバメの視線の揺らぎや、頬や眉の動きから読み取っているのがわかる。ありありとわかる。

この人の目、スマホのカメラレンズみたいだ。何をやっているかはわかるのに、何を考えているのかわからない。

「他にも、たくさんありますよ。恵利原君との思い出も、雪川君との思い出も。何時間だって話せますよ」

ね？　と隣に座る杏奈を見ると、大口を開けてケーキを頬張っていた。カップに注がれた焼き栗の香りの紅茶も、ほとんど飲み干されている。ツバメが話している横で、一人ガツガツと食べ進めていたらしい。

「うん、そうだね。思い出なんて、小さなものから大きなものまで、たくさんあるよ。高校三年間、ずっと同じクラスだったんだから」

口の端についたチョコレートを紙ナプキンで拭いながら、杏奈はゆっくり石神を見る。

「えーと、私も話した方がいいんですか？　高校時代のこと」

ツバメの話だけで充分じゃない？　と言いたげに杏奈はこちらを見上げてきたが、石神は

「聞かせてください」と首を縦に振った。

「でも、私はレミゼのときは脇役だったから、恵利原君や雪川君とめちゃくちゃ練習したとか、そういうことはないですけど。精々、一緒に大道具を作ったとか、衣装を作ったとか、そういうのばかりで」

「藤戸さんは、加害者と一緒に映画製作に協力したことがありますよね」

そんなことまで知ってるんだ……と、ツバメは石神の頬骨のあたりを凝視した。杏奈の方がずっと驚いていた。フォークの先から、鮮やかな赤色のあまおうがポトリと皿に落ちてしまう。

「ええ、しましたけど」

「そのときのことを、話していただけませんか」

「どうしてピンポイントにそのことなんですか」

「恐らく、あなた以外の元クラスメイトからは、聞けない話だからです」

皿の端に落ちたあまおうにフォークを突き刺した杏奈は、「なるほど、それもそうですね」と頷き、真っ赤なあまおうをひょいと口に放り込んだ。

「といっても、別にそんなたいした話じゃないですよ？　アニメ映画のピアノ演奏を、私と恵利原君が担当したというだけです。高三の夏休みでした。せっかく収録したのに、公開直前にあんな事件があったから、全部別の人の演奏に差し替えられちゃいましたけど」

ツバメも、そのことはよく覚えていた。確か、最初に映画のことを聞いたのは、六月だった。文化祭が終わった直後だ。

来年夏の公開に向けて、ピアニストを主人公にしたアニメーション映画が作られている。ピアニストを目指す男女が幼少期から切磋琢磨し合って、最終的に同じ国際コンクールに挑んで優勝争いをすることになるストーリーだと聞いた。

高校時代の主人公達が演奏するピアノを、音楽科でピアノを専攻する生徒に担当してもらいたいという依頼が、映画会社から来た。幼少期、小中学生時代、高校時代、大学、その後と、主人公達の年代に合わせてピアニストを起用するという、なかなか手の込んだことをしようとしていたらしい。

杏奈の言う通り、公開間近にサリエリ事件が起こって、別の年代を担当していたピアニストの演奏に差し替えられてしまったらしいけれど。

「音楽科の先生達が最初に推薦したのは、雪川君と加賀美さんだったらしいですよ。あの二人が、ピアノ専攻では一番と二番だったから」

「それがどうして、お二人になったんですか？」

「二人の音源を聴いた映画の監督が、『上手すぎて逆にイメージと合わない』って言ったらしいです。それで、私と恵利原君に」

「え、そうだったんですか？　酷くないですか、それ」

初耳だったから、思わず口を挟んでしまった。それじゃあまるで、二人のピアノが「ほどほどに下手でちょうどいい」ということではないか。

「ね、酷いよね。私も収録当日まで知らなくて、スタジオでスタッフさんがポロッと言ってるのを聞いちゃって、すごく腹が立った」

「それで」

鋭く割って入ってきた石神が、先を促す。よくよく見たら、彼の手元にはペンも手帳もない。インタビューを録音している様子もない。そしてコーヒーには一切手をつけていない。

「私、高校時代は……ていうか今も相変わらずですけど、ちょっと調子が悪かったんです。テクニックばかりで魅力がないとか、小手先の技術ばかりで演奏が小さいとか。先生からもそう言われてばかりで、コンクールの結果も散々でした。だから〈ちょうどいい〉って理由で選ばれたのが悔しくて、ものすごく嫌な気分だったんです。でも、もうスタジオに来ちゃったし、大人がいろいろ準備してるし、今更やりたくないとは言えなくて」

えーと、それで。こめかみのあたりをカリカリと掻きながら、杏奈は続ける。

「私なんかの話より、恵利原君のことが聞きたいんですよね？　恵利原君は、そんな状況なのに、何故か嬉しそうだったんですよ。どうしてって聞いたら、『これからどんどんよくなるピアノだって思われてるんだからいいじゃない』って笑ってました」

「あはは、恵利原君らしいですね」

彼だって、そんな理由で選ばれたことに傷ついたし、憤りもしたはずだ。でも、苦笑いを浮かべながらそう言った彼の顔は、ありありと浮かぶ。

「前向きすぎるというか、優しすぎるなって思ったんですけど、あの映画は国際コンクールに出場するようなピアニストの物語で、私達が音を当てるのはそんなピアニストの高校時代なわけで……自分達のピアノも、将来、そんなふうになってもおかしくないと思ってもらえるなら、まあいいかなって、私も呑気に考えました」

「その日の収録自体は、上手くいったんですか。藤戸さんも、加害者も」

相変わらずカメラのレンズのような目で、石神が杏奈を見つめる。

「ええ、何事もなく。演奏したのはショパンの『舟歌』と、ベートーヴェンの『悲愴』と、あとは連弾でシューベルトの〈幻想曲ヘ短調〉を」

「連弾もされたんですね」

「恵利原君と連弾なんてしたことなかったんで、一応、学校でもちょっと練習してから収録に行ったんですけど。彼、人に合わせるのも上手かったから、収録はとてもスムーズでした。監督からは直々に『発展途上の音がほしかったんだ。君達のピアノはぴったりだった』って言われました」

「杏奈、怒りが再燃したんじゃないですか？」

手つかずだったケーキにやっとフォークを刺しながら、ツバメは聞いた。せっかくの紅茶も、すっかり冷めてしまっていた。

石神は石神で、杏奈自身の話にはほとんど関心がないようだった。死んだような目とはこのことだ。

「まあ、ちょっとむかついたけど、〈発展途上の音〉って言葉にはまだ先があるように思えて嬉しかったかな。ほら、あの頃って、ちょうど音楽そのものに嫌気が差していた頃だったから。

多少は気が楽になったの」

中学まではコンクールの上位入選者にちょくちょく名前があった杏奈が、高校入学と同時にスランプに嵌まっているのはもちろんわかっていた。

指が六本あるかのような超絶技巧には間違いなく磨きがかかっているのに、反比例するように彼女のピアノからは色が失われた。テクニック勝負の難曲をあえて禁じたり、美術鑑賞や観劇に力を入れさせたり、指導する教員があの手この手で杏奈を再浮上させようとしていたのも、ツバメはよく知っている。

でも、そう簡単に一度見失ったピアノが戻ってくるわけがないことも、よくわかっていた。ツバメが雪川織彦の影に怯えながら彼のピアノを追いかけているのもきっと、見失うのが怖いから。自分のピアノを見失うのも、雪川織彦のピアノを見失うのも、どちらも怖い。

「音楽科だからしょうがないんですけど、調子が悪いと、先生や審査員の講評がどんどん怖くなるんですよ。だから、何も考えずにのびのび演奏して『そういう音がほしかったんだよ』って言ってもらえるのは、単純に嬉しかったんです」

「恵利原柊は、どうだったんですか」

杏奈の言葉尻を奪うように、石神が聞く。椅子に腰掛けたまま微動だにしていないのに、ぐいと身を乗り出したように錯覚した。

「恵利原君とは、帰り道に話をしました。『僕等の演奏、いつか国際コンクールで優勝争いをしてもおかしくないってことなんだよね』って、嬉しそうにしてた記憶があります」

言いながら、杏奈はケーキの最後の切れ端を頬張った。かちゃん、とフォークを空になった皿に置く。その音は不思議と甲高く響いた。

「そのあと恵利原君が、『でも僕はみんなと一緒に大学に行けないかもしれない』って、いきなり言い出して、びっくりしちゃって」

えっ、と声を上げた瞬間、フォークをあらぬ場所に刺してしまって、ツバメのルビーチョコレートのケーキは真横に倒れた。あまおうが皿の外まで転がってしまった。

でも、杏奈から目を反らせなかった。

「それ、恵利原君が自分で言ったんですか？」

ツバメの問いに、杏奈は自分の皿を睨みつけたまま、ゆっくり頷く。

「恵利原君の家が古い洋食屋さんなのは知ってましたけど。その経営が二年生の頃から怪しくて、そろそろ本当に、まずいかもしれないって、恵利原君はそう言ってました」

杏奈はツバメの方を見ず、石神を凝視していた。一体どんな気持ちで、石神のぎょろついた目を見つめているのだろう。

「もし、お店が潰れたら、きっと大学に行けない。恵利原君、そう言ってて。私もびっくりしちゃって、とりあえず、ご両親がきっと何とかしてくれるよって励ましたんですけど、それじゃあ無責任だなって思って」

言葉を探すように俯いた彼女の眉間に、かすかに皺が寄る。

「夏休みが明けてから、恵利原君に奨学金の話をしました。朝里学園大学には、成績優秀だけど経済的に苦しい附属校生には特待生制度があるから、もしものときはそれが使えるんじゃないかって。でも恵利原君は『俺等の代でそれを受け取るのは雪川だろう?』って笑ってて」

そして確かに、特待生に選ばれたのは雪川織彦だった。彼の家は、ごくごく普通のサラリーマン家庭というやつで、貧乏というほどではないだろうが、決して裕福というわけでもなかった。何故なら、彼は附属校に入学するときも「経済的支援を必要とする成績優秀者」として奨学金制度を使っていたのだから。

学校指定の制服を着て、指定の鞄を持って生活していればわからない。でも確かに、ささやかな貧富の差はクラスの中にもあった。日々消費する文房具や、さり気なく持ち歩く小物の品質やブランド。お弁当の中身。スマホの機種。いろんなところで見え隠れしていた。

だって、彼は演奏会やコンクールに、シャツとスラックスにベストという比較的ラフな格好で立った。それを見た一部のクラスメイトの保護者が、「タキシードやスーツを買うお金がないのだろう」と揶揄していると聞いたこともある。本人は「ジャケットを着ると肩周りが窮屈だから」と言っていたが、それ以外にも理由があるような気がツバメはずっとしていた。

それでも雪川織彦を「経済的に苦しいのに頑張っている子」ではなく「神様に愛された特別なピアニスト」にしたのは、他ならぬ彼のピアノだった。

「杏奈、夏休みの時点で知ってたんですか、恵利原君のおうちのこと」

「でも恵利原君が、クラスのみんなには絶対に言わないでほしいって言うから、約束通り誰にも言わないでいたんだよ」

クラスメイトが進学できない彼の状況を知ったのは、サリエリ事件のあとだった。半年以上前に、杏奈がそのことを知っていたなんて。

「ツバメは、知ってたら何かしてあげられたのにって思う？」

「いや、それは、わからないですけど」

「別に、私も恵利原君を放置してたわけじゃなくて、奨学金の資料を集めて渡したんだよ。朝里学園以外の、自治体や国の奨学金制度もいろいろあったから」

それでも、卒業演奏会の日に彼は雪川織彦を殺してしまった。

「週刊現実にも書かれてたじゃない。雪川君がいなければ大学に行けたのにってのが、恵利原君の動機だったんじゃないかって。私、案外アレは本当だったんだと思ってる」

「それは違うと思いますよ」

唐突に、石神が指摘してきた。目を瞠った杏奈が、「……違う？」と首を傾げる。

「普通の大学なら、奨学金をもらって進学することも可能でしょうけれど、音大で音楽をやるのは話が違います。お二人だって、四年間で一千万円近くする学費の他に、膨大なお金をご両親が支払っているのをご存じでしょう？」

コンクールの参加費に楽譜代、衣装代、海外への渡航費や滞在費、特定の先生に授業外で指導してもらおうとすればそのレッスン料も、学外のセミナーや合宿に行こうとすれば参加費も必要になる。

「覚悟はしてたけど、お金がどんどんお財布から出ていくね～」と笑って済ませてくれる両親を持つ自分がどれだけ恵まれた環境にいるかなんて、重々承知している。

「奨学金を受け取れたところで、音大での四年間にかかるすべてを賄うことはできない。もちろん、その先の海外留学なんてもってのほか。四年前、恵利原柊はそういう状況にあったはずです。下手をすると進学云々という段階ではなく、お前も早く社会に出て働いて、家計を助けてくれと頼まれる側だったかもしれませんね」

言葉を切った石神が、ツバメと杏奈を交互に見る。必要最小限の、素っ気ない動きで。

生まれてから一度もお金に困ったことなどなく、子供の夢のために親はお金を出してくれるのが当たり前な生き方をしてきた人間を前にした目だった。軽蔑するわけでも、嘲笑うわけでもない、ただ、動物園でパンダでも見るみたいに、眺めている。

「どのみち、加害者はピアノをやめざるを得ない状況だったということです。藤戸さんにできることがあったかと言われたら、恐らくなかったのではないでしょうか」

興味なげにつけ足した石神のことを、杏奈がぎろりと睨む。でも、何も言わなかった。

この場で偉そうに言い返せる言葉なんて、私達は持っていないのだ。

「じゃあ、結局、わからないってことじゃないですか」

絞り出された杏奈の言葉に、ツバメは無意識のうちに頷いていた。

「どうしてサリエリ事件が起こったのか、私達が恵利原君に何をしてあげられたのか、全部曖昧で、わからないってことですよね」

雪川織彦はきっと、自分が殺される理由もわからず死んだ。もしかしたら、自分が何をされたかもわからないまま、この世を去ったのかもしれない。

恵利原柊ですら、自分がそんな凶行に及んだ理由を、本当の意味ではっきりと、クリアに、高解像度で、見つめられていないのかもしれない。

ただ――。

雪川織彦は、温かく大きな幸運からこぼれ落ちた、一滴の金色の雫だった。決して裕福な家に生まれたわけでもなく、両親が音楽家だったわけでもない。あしながおじさんのような偉大な指導者が当然目の前に現れ、彼の才能を見出したわけでもない。

ピアノに興味を持った雪川を、彼の両親が全力で支援した。一生懸命に働いて、月謝代を捻出してピアノ教室に通わせた。教室の指導者が彼を丁寧に大切に指導し、突発的に産み落とされた才能を開花させ、名門の朝里学園大学の附属校まで導いた。天が彼に与えた二物は、ピアノの才能と、それを育む環境だった。

そんな幸運な男の子の命を奪ったのは、家庭の経済状況でどうしようもない不幸に突き落とされた男の子だった。

サリエリ事件の残骸を見つめてわかるのは、そんな残酷な輪郭だけだ。

加害者である恵利原柊がそこで何を思って、あんなことをしたのか。日常に放り出されたままのツバメたちには、想像することしかできない。

「あの人、一口も飲まなかったね、コーヒー」

支払いを済ませて退店した石神の姿が見えなくなったところで、絞り出すように杏奈が呟いた。石神の頼んだブレンドコーヒーは湯気も香りも消え失せ、彼の目のような黒いだけの穴ぼこになっていた。

「甘いもの、嫌いだったんでしょうか……」

「いや、あれはきっと、食べることに楽しみを何一つ見出してないタイプだね。ただの栄養摂取だと思ってるんだよ」

「ああ、なるほど」

会話が途切れ、テーブルが重苦しく静まりかえる。ツバメはほとんど手つかずだったルビーチョコレートのケーキを、小さくカットして口に運んだ。ねっとりと甘くて、でも甘酸っぱくもある。チョコレートの中は軽やかな食感のメレンゲと香ばしいスポンジ。何もかも、忌々しいくらい上品な味。

「恵利原君に、もっと何かしてあげたらよかったんだよね」

ポットに残った紅茶をカップに注ぎながら、杏奈がこぼす。唇の端っこから、思っていることが滲み出てしまったみたいに。紅茶はすっかり色が濃くなってしまった。きっと焼き栗の香りも沈んで、味も渋くなってしまっただろう。

「秘密にしてほしいなんて言われても、私が誰かに相談してれば、誰かがもっといいアイデアをくれたのかも」

そうしていたら、恵利原柊は大学進学こそできなかったかもしれないが、サリエリ事件は起こらなかったかもしれない。杏奈は言葉にしなかったが、回数を増した瞬きが、繰り返し繰り返し、そう呟いていた。

「そんなことないですよ」

とても空虚な物言いになってしまった。まるで「そうだ」と肯定しているみたいだった。

「だって、誰かが悪いわけじゃないです。雪川君が恵利原君に意地悪をして特待生になったわけでもないし、恵利原君のご両親がわざと恵利原君からピアノを取り上げたわけじゃない。強いて言うなら……景気が悪いのがいけないとか、朝里学園の特待生枠がひと枠しかなかったのがいけないとか、そういう話になっちゃいます」

言い訳がましいなと思った。私にできることなんてなかった。私は悪くない。大声で、必死に、世界中に主張してるみたいだった。

「え、何？　慰めてくれてるの？　杏奈のせいじゃないですよって？」

ちょっと、いや、だいぶ棘のある言い方だった。でも、その痛みは甘んじて受け入れた。

「だって、どうしたって、仕方がないじゃないですか。過去に戻ってやり直しなんてできないんですから」

鞄の中に入れていたスマホが鳴った。メッセージアプリの通知音だった。スマホを引っ張り出すと、よくハンドクリームを買うショップから割引クーポンが届いただけだった。

「ごめん、なんか、今日は早く帰って来いってママに言われちゃいました」

杏奈は嘘だと気づいているだろうが、知らないふりをしてツバメは席を立った。「私はもう一杯ミルクティー飲んで帰る」と、杏奈はツバメの方を見ずにメニューに手を伸ばした。

店を出たら、来るときより風が冷たかった。陽はすっかり低い位置にあり、ビルの狭間でオレンジ色が夜空に甘ったるく溶けていた。

石神の姿を見つけたのは、吉祥寺駅のホームだった。

自販機の横で電話をしていた彼は、ちょうどやって来た新宿行きの電車に乗った。ツバメも、同じ車両に乗った。私の家だってこっちなんだから……と、どうしてだか自分で自分に言い訳をする羽目になる。

新宿に着くまで、石神はドア横の手すりに摑まったまま外を見ていた。取材のときと同様、心のスイッチを切ったみたいに静かに棒立ちしている。周囲の人がスマホを弄ったり、本を読んだり、友人や同僚と話したりしている中、頑なに閉じたままでいる。ツバメはそれを車両の端からじっと見ていた。

荻窪のあたりで話しかけようとして、やめた。中野でもう一度話しかけようとして、やっぱりやめた。何を話したいのか、どう声をかければいいのか、見当もつかなかった。

それでも彼に言いたいことがあるようだと思い知ったのは、新宿駅に着いたときだった。雑踏の中、長身の石神を追いかけるのは結構簡単だった。改札を抜けた彼を追いかけ、西新宿方面へ向かう地下通路を歩いた。

通路の先から一際冷たい夜風が吹き込んできた。地上に出た石神が、近くにあった高層ビルに入っていく。ああ、今だ。ここで声をかけないと。そう思った瞬間に階段に蹴躓《けつまず》いてチャンスを逃した。

だが、ビルのエントランスから見えたものにツバメは息を呑んだ。足は自然とビルの中に向かってしまう。吸い込まれるとはこのことだった。

三角柱のような形をした高層ビルは、一階が巨大な広場になっていた。天井の一部がガラス張りになっていて、新宿のビル群の明かりがよく見えた。ぼんやりと明るい夜空を、ほのかにオレンジ色の雲が流れていくのまで見えた。

広場の隅に、ストリートピアノが一台、ぽつんと置かれていた。ヤマハのセミコンサートグランドだった。

上階のオフィスフロアで働いていたらしい人々が、次々とエレベーターを降りて広場を通過し、駅方面へ向かっていく。石神はそれに逆らって、真っ直ぐグランドピアノに歩み寄った。背負っていたリュックを下ろし、羽織っていた黒いコートを脱いで、まるで会社で自分のデスクにつくようにピアノの椅子に腰掛ける。服装も相まって、石神はそのままピアノと同化してしまいそうなくらい黒々しく見えた。

鍵盤を覆う蓋を静かに開け、椅子の高さを調節して、指をストレッチする。その後ろ姿だけで、彼がピアノを長く弾いていたのだとわかった。やっていた人の仕草だった。

鍵盤に触れる指を見るだけで伝わってくる。鍵盤の方から、奏者の指に吸い付いていくような感覚が、ツバメにまでちゃんと見える。

彼が息をするように弾いたのは、ベートーヴェンの〈ピアノ・ソナタ第8番『悲愴』〉の第二楽章だった。

アダージョ・カンタービレの速度指示のままに、緩やかに歌うように、一音一音を嚙み締めるように進行する。

ああ、この人、『悲愴』を暗譜してる。迷いのない石神の音にツバメは目を見開いた。

ベートーヴェンの三大ピアノ・ソナタの一つとしてあちこちで耳にする有名なフレーズに、広場を行き交う人が顔を上げる。だが、足を止めて聴き入るまではしない。誰もが忙しなく、石神のピアノを通り過ぎていく。

そんなことは気にも止めない様子で、石神は淡々とピアノを弾いた。電車に乗っているときと同じだ。自分自身の蓋を閉めきって、暗がりで音を紡ぐ。耳に異常が出始めた頃のベートーヴェンが作った『悲愴』が、酷くその様子とマッチしていた。

ガラス張りの天井にピアノの音はよく響いた。巨大な広場でピアノの残響が尾を引き、遠くまで音が跳ねていく。

今日、取材で杏奈が『悲愴』の名前を出したからだろうか。だから石神は『悲愴』を弾くのだろうか。それも、第二楽章を。懐かしさと、胸を刺すような寂しさが降ってくる。でもところどころにこちらの頭を撫でるような温かみの潜んだ第二楽章を。

曲が進むごとにツバメは石神の背中に近づき、ついにはピアノの真横に立った。石神は一瞬だけ顔を上げてツバメを確認したが、驚くことも手を止めることもなかった。

淡々と『悲愴』を弾き続け、淡々と演奏を終えた。

「いつから弾いてるんですか」

ツバメの問いに、石神は鼠色のハンカチで鍵盤を拭きながら答えた。

「三歳から中学三年まで。そこでやめました」

「今も続けてるんじゃないんですか？」

「続けているなら、こんなところで弾かないでしょう」

綺麗な鍵盤を見下ろし、石神はゆっくりと蓋を閉じる。その蓋も、ハンカチでしっかり指紋を拭き取った。

「やめた理由は、その、経済的なことですか？」

「どうしてそう思うんですか？」

言葉に詰まった。底なし沼みたいな、カメラのレンズみたいな石神の目が、こちらを見る。

だが、不思議と、この黒い瞳から「何も感じられない」ことが、安堵も与えてくれた。真実を暴いてやろうとか、相手を貶《おとし》めてやろうとか、そういう饐《す》えた願望が石神の目からはただよってこない。それが、四年前に散々ツバメやクラスメイト達を追いかけ回したテレビカメラや記者達と違った。

「今日話していて、そんな気がして」

「経済的な問題といえばそれもありますが、その程度の人間でしかなかったというだけです」

「それは」

それは、恵利原君にも、同じことを思いますか？

聞きたかったのに、声にならなかった。他ならぬ石神の視線に、首を絞められた気分だった。

「杏奈は」

やっと息ができたのは、彼を追いかけてまで伝えようとしたことを言葉にしたときだった。

「杏奈は、恵利原君の口止めを守っていたことを後悔しているみたいです。その気持ち、私もよくわかります」

ツバメにだって、ある。あのとき私が別の行動を取っていたら。そう思うことがある。他ならぬ、サリエリ事件に。

杏奈と大きく違うのは、あのときのツバメは、間違いなく恵利原柊を止められたということだ。

「四年前、私、恵利原君に告白されたんです」

ハンカチをポケットに仕舞った石神が、一瞬だけ動きを止めた。その黒々しい両目が、ツバメへ向けられる。油切れでも起こしたみたいなぎこちない動きで、能面みたいな顔がツバメを見上げる。

「恵利原柊が、告白?」

天井から降り注ぐ照明が、石神の目の中で白く弾けた。氷の欠片のような光が瞳に差す。初めて、この男の人間らしいところを見た気がした。

「卒業演奏会の直前でした。私は、恵利原君から告白されて、それを断りました」

第四章　分岐点のサリエリ

◆桃園慧也

モーニングホールは午前中から酷くピリついていた。

天然木で作られたピラミッド形の天井は音が綺麗に広がり、澄んだ響きになる。その代償として、会場の緊張感が一度天井に吸い上げられ、ステージに降り注ぐ。

卒業演奏会のリハーサルを前に、ステージで段取りを確認するスタッフ達の顔は険しかった。自分のリハまでまだ時間があるにもかかわらず、桃園慧也は客席の隅に腰掛けてその様子をぼんやり眺めていた。

リハーサルは本番と同じ演奏順で行われる。大学生の一番手は加賀美希子だった。プログラムに記載された彼女の演奏曲を見たら、どうしてもリハーサルから聴いておきたいと思った。

ホールスタッフや学園の職員が妙にピリピリしているのも、半分くらいは彼女の選曲のせいに違いない。

慌ただしくリハーサルが始まる。濃紺のロングワンピースに身を包んでステージに現れた希子は、周囲の緊張感などものともせず、ピアノの椅子に腰掛けた。

鍵盤を前に両腕を組み、小さく息を吸って、彼女は鍵盤にそっと触れた。演奏会本番ではないというのに、ホールの空気が辛いくらいに強ばる。リハーサルを進行するスタッフ、慧也のように見物に来た出演者が、一斉に息を止めた。

一人のダンサーがステップを踏んでいくように、静かに静かに序奏が始まる。緩急の利いたピアノに、ホールにいる人間の視線が絡め取られていく。

希子が卒業演奏会に用意した演奏曲は、ショパンの『ラ・チ・ダレム変奏曲』だった。正式名称は〈モーツァルトの「ドン・ジョヴァンニ」の『お手をどうぞ』による変奏曲〉。四年前の卒業演奏会で、雪川織彦が弾くはずだった曲だ。

モーツァルト作曲のオペラ「ドン・ジョヴァンニ」の第一幕に登場する二重唱『お手をどうぞ』が主題になっていて、細かな音符のユニゾンが鍵盤の上を駆け回る、華やかでドラマチックな作品だ。

モノクロの楽譜のあちこちで花が咲き乱れて、その花々をいかに聴衆に届けられるかが鍵だと——雪川自身が、卒業演奏会の直前に話していた。

リハーサルとはいえ、希子の演奏は見事だった。五線譜の上に並ぶ音符という、無機質な情報の塊から物語を読み解き、色や香りを探り当て、遠い過去を生きた作曲家の姿を探しながら音を紡ぐ。そんな丁寧な仕事ぶりが垣間見える。

ときどき悲しいくらいぶっきらぼうな話し方をして、ツンと澄ました勝ち気さが魅力の彼女だけれど、ピアノとの向き合い方はとても純真なものなのだ。

でも同時に、四年前、雪川はどんなふうにこの曲を弾いたのだろうと、そんなことを考えてしまう。きっと希子の『ラ・チ・ダレム変奏曲』とは違う。ホールを包むこの緊張をあっという間にほどいて、聴いている人間すべてを、長い旅の果てに花畑を見つけた蝶の群れにでも変えてしまう。

この場の緊張を生み出しているのが、そもそも彼の死なのだけれど。ステージを捌けていく希子を見送り、慧也は浅く溜め息をついた。

四年前に殺人事件のあった場所で、四年前もステージに立っていたピアニストが再び卒業演奏会に参加する。事件の被害者の一人が、もう一人の被害者が弾くはずだった曲を引っ提げてリハに臨む。相当の自信と覚悟がなければできないだろう。希子の決意が窺えた。

だから、周囲がピリつかないわけがないのだ。わかっていてこの選曲をした希子も、なかなか性格がひん曲がっている。

少し早いが、慧也も控え室に移動することにした。ついでに希子にリハの感想でも伝えよう。客席を出て関係者通路のドアを開けると、羽生ツバメと、彼女が師事する錦先生の姿があった。通路のど真ん中で、先生がツバメの両肩に手をやっている。

「いい？　ちゃんと聞いてる？」

先生の掌に妙に力がこもっているのがわかってしまって、思わず足を止めた。ツバメの着た淡いピンク色のニットの肩口に、細く長い皺が走っている。

「思い出してみなさい。あなたが一年のとき、あなたを四年間で世界に羽ばたかせるって私は約束したでしょ。あなたはここまできた。あとは飛んでいくだけだから」

いいね？　集中して。ツバメの肩を二度とんとんと叩いて、錦先生は踵を返す。慧也がいたことに狼狽《うろた》えることもなく、涼しい顔で会釈して関係者エリアから出ていった。

「まだリハだよ？　錦先生、ちょっと熱すぎない？」

慧也の茶化しに、ツバメは苦笑しながら肩を落とした。師匠からの激励を彼女は笑顔で聞いていたけれど、その裏でちょっと身を引いているのが見ていてわかったから。

「先生はいつもあんな感じなんで。あと、直前のレッスンで私があまり集中してなかったので、ご機嫌ナナメなんですよ」

「俺は苦手なんだよね〜。ツバメはよくあの人のところに四年もいたよ。俺は半年で追い出される自信がある」

あの人は夏でも丈の長いドレスのような服を着ていて、しかも色は決まって黒とか紫とか濃紺とかだった。ストラヴィンスキーの『火の鳥』に登場する魔王は、実はあんな感じなんじゃないかと思うときがある。魔王らしい魔王ではなく、「実はこちらのことを想ってくれている優しい人かもしれない」と惑わしてくるタイプ。

「私は次点ですよ。錦先生が一番に指導したかったのは、雪川君ですから」

「さすがにそれは気にしすぎじゃない？」

確かに、附属校時代から錦先生は雪川織彦に目をつけていた。というか、あの人は嗅覚がいいのだ。自分のところに来たら化ける可能性のあるピアニストを見つけるのが上手い。だから自然と錦門下生はコンクールで結果を出していく。

雪川織彦が生きていて、錦先生に師事していたら、一体、彼はどんなピアニストになっていただろう。きっと、それなりのコンクールでそれなりの実績を積み、大学卒業を待たずロシアあたりに留学していたかもしれない。

そして慧也は、そんな彼を見送ったのだと思う。「おう、頑張って来いよ。俺も大学を卒業したら日本を出るからさ」なんて余裕たっぷりに手を振りながら、こっそり彼に嫉妬する。

「チャイコフスキー国際コンクールのセミファイナルまで行けたのは、どう考えたってツバメの実力だろ」

「でも、もし雪川君が生きていたら、私はきっと二番手だったんじゃないかな」

それは……きっとそうだろうけれど。嗅覚のいい錦先生は、同時に学生の扱い方に明確に線を引く人だと有名だから。できる子には手をかけ時間もかける。何かのタイミングで見限ると、途端にレッスン時の対応が淡泊になるとか。そういうところが慧也は苦手だ。

「雪川君ばかり見ている目で私を指導して、私に『雪川君はこうだった。あなたももっと頑張って雪川君みたいに〜』なんて言われながら、ピアノを四年間弾いたのかも」

「あはは、その錦先生はちょっと想像つくな」

先生が出ていったドアを見やる。ツバメも同じようにしていた。

「私、ただでさえこの四年間、ずっと嫉妬してたんです。もういない雪川君に」

「誰だって嫉妬くらいするよ」

クラスメイトだろうと、友人だろうと、ピアノを弾いているのだから。同じ土俵で戦うライバルが自分より優れた才を持ち合わせていたら、妬ましいと思う。ほしいなと思っているものを目の前で他人が持っていたら「いいな」と思う。自然な感情だ。

「俺も、四年前の卒業演奏会は二番手だったから。俺よりあとに演奏する子を羨ましいと思ってたし、いや俺は二番手じゃないだろってちょっと怒ってもいた」

「え、そうだったんですか？」

「格好悪いから、表には出さなかったけどさ」

自分が学年でナンバーワンではないと納得はしていた。でも、あの子よりは俺の方が上じゃない？　なんで俺が二番手なの？　と思ったことがないわけじゃない。

「例えば……恵利原より俺の方が明確に下な理由って何だよ、とか、そういうことは思ってた」

嫉妬が疑心暗鬼を生んで、こちらを卑屈にさせる。不当なジャッジがあったのかも。理不尽な判定があったのかも。そんな醜くて幼稚な疑念を生み出す。

しかもその幼稚な疑念は、意外と胸の奥にこびりついて離れないのだ。

「全然気づいてませんでした」

目を丸くしたツバメに、安堵する。俺が醜くて幼稚な人間に見えてなくてよかった。四年前、舞台袖で恵利原柊に「嫉妬なんてしてませんよ？」と余裕綽々《しゃくしゃく》に話しかけていた自分が、もっと惨めになってしまう。

「なんというか、慧也君は大人な性格だから、あんまりそういうことをいちいち気にしなそうだなと勝手に思っていて」

「俺だって、四年前の卒業演奏会のときに嫌なことを考えてたよ。誰かが雪川のチョコレートを盗んだら、ジンクスが崩れたあいつの演奏はぐだぐだになるんじゃないかって。一回くらい、そういうのを見てみたいって」

以前、吉祥寺駅のホームで希子に話してしまったからだろうか。一生口を噤《つぐ》んでおこうと思っていたことが、するすると口から滑り落ちてしまう。

「演奏終わりの恵利原に、『試してみる?』って言った。もしかしたらそのせいであんなことが起こったのかもって、ずっと思ってる」

ツバメは驚かなかった。ただ、上目遣いに慧也の表情を窺ってくる。目を逸らしたら、彼女は小声で「私も」と呟いた。

「似たような、ことが」

「……似たようなことって?」

ツバメが後悔したのがわかった。言うんじゃなかった、という顔で唇を噛む彼女に、慧也は「言いたくないなら言わなくていいよ」なんて優しいことは口にしなかった。

「ツバメは、恵利原に何を言ったの」

俺も言ってしまったから、彼女にも言ってほしい。そんな勝手なことを思いながら、じっとツバメの目を見据えた。

「言ったっていうか、恵利原君に言われたんです」

「何を」

何を言われたの。無意識にツバメに躙《にじ》り寄っていた。息を詰まらせたように、ツバメは苦しげに鼻を鳴らした。

「演奏会の前日に、恵利原君に告白されました」

……え？　という問いかけは、予想以上に小さく擦れた。首を傾げたまま動けないでいる慧也に、ツバメが静かに口を開く。

「卒業演奏会の前日に、私、レッスン室を予約してて、放課後は六時くらいまでずっと練習してたんです。時間がきてレッスン室を出たら、隣のレッスン室から恵利原君が出てきて」

「それで……？」

自分の声はまだ擦れたままだった。

「『あ、やっぱり羽生さんだったね。羽生さんのピアノっぽいなって思ってたんだ』って、恵利原君は言っていて。彼ももう予約時間が終わるっていうんで、一緒に帰りました」

「それで、帰り道に告白？」

「明日は卒業演奏会だねって、でも大学もみんな一緒だから寂しくはないよねって話をして……今思えば、恵利原君は大学に進学できないって決まってたのに、すごく残酷な話をしちゃったってわかるんですけど、私は全然知らなかったから」

言い訳がましく言葉を重ねるツバメの口調は、とても冷静だった。この四年間、同じことを何度も考えて、「どう考えたって自分は悪くないはずだ」と言い聞かせてきたのがわかる。

同じことを慧也だってしてきた。繰り返し解いた問題で答えも暗記しているから……でも、誰も採点してくれない。だから自分でまた同じ問題を解く羽目になる。

「告白されて、ツバメは断ったの？」

言ってから、非難がましい言い方になっていた気がして、慌てて口に手をやった。ツバメは表情を変えることなく、ゆっくり頷いた。

「好意を持ってもらえるのは嬉しかったですけど、私は恵利原君をそんなふうに見たことがなかったし。それに、とてもじゃないけど私は、ピアノを頑張りながら恋人と楽しく過ごせるほど、器用な人間じゃないってわかってたんで」

なので、ごめんなさい、と——そう呟いたツバメの語尾が、わずかに上擦る。

「もし、告白をOKしていたら。断るにしてももっと別の言い方をしてたら、恵利原君は傷つかずに済んで、もしかしたら雪川君を殺さなかったかもしれない。恵利原君が思い留まる最後の理由を摘み取ったのは、私かもしれない」

ツバメの目が慧也へ向く。やめてくれよと声に出しそうになった。俺にジャッジさせないでくれ。だって俺は「違うよ」と言うしかない。「そうかもね」なんて言ったら、その言葉はそっくりそのまま俺を糾弾する。

「チョコレートの件を知った上で俺に聞いてくるなんて、『違うよ』って言われたいってことだろ」

さっきよりずっと非難がましい言い方になった。構わなかった。だって、卑怯な聞き方をしたのはツバメの方だ。

ツバメの大きく真ん丸な瞳に、ショックと戸惑いと、ちょっとの怒りが差し込むのが見えた。

細かな瞬きの末に、彼女はゆっくり瞼を伏せる。

「ごめん、でも俺だって誰かに言ってほしい。『お前のせいじゃない』って言われたい」

だから、駅のホームで希子に嫉妬ややっかみなんて誰でもすることだと言われて、ちょっと救われた。素っ気ない言い方だったけれど、四年分の自問自答を少しは慰めてもらえた。

「慧也君は悪くないですよ」

言いながら、ツバメは悔しそうに肩を落とした。

「すいません、私が言っても、多分慧也君の気持ちは軽くならないですよね」

「そうだな。きっとツバメもそうだよ」

許されたいと思っている人間同士の傷の舐め合いなんて、何も生み出さない。でも、許されたいという気持ちもきっと、同じ状況にあった人間にしか理解できない。

「みんな、同じことを思ってるのかもしれない」

例えば、恵利原のレッスンを担当していた教師。恵利原の隣の席だったクラスメイト。卒業演奏会の朝、朝食を一緒に食べて彼を送り出した両親。本番前に彼とすれ違った観客の誰か。恵利原をステージ袖に誘導した係員。

ささやかな日常の欠片が、凄惨な事件の引き金になる。ただの登場人物Aだったはずの自分が、分岐点に立っていた重要人物Xになる。

どうすればこの役を降りられるのかわからないまま、分岐点に立つ自分の足下を見つめている。自分の些細な言動が凶行のきっかけだったかも。自分の些細なやり取りで救えたかもしれない。そう考え続けている。

「もう、断ち切ってもいいと思うんだよ」

だって、四年も考え続けたんだ。そろそろノートを閉じて、席を立って、同じ問題を解き続ける時間を終わらせたって、許されるだろう？

「加賀美みたいに、今度の卒業演奏会で断ち切ろう。四年たったんだ。俺達はもう、サリエリ事件から自分を解放しよう」

「解放、ですか」

「自分でやらないと、多分、一生誰も許してくれないよ」

分岐点の人間同士でしか許し合えず、でも分岐点の人間の許しでは救われない。なら、自分で自分を許してやるしかない。

控え室に続く通路のドアが開き、係員が一人歩いてきて慧也とツバメの名前を確認した。自分のリハーサルがこれからだということを、すっかり忘れていた。

◆羽生ツバメ

「いつもニコニコ小鳥みたいに飛び回っている羽生さんが、ピアノに向かったときは真剣な顔をするのが――」

そういうところが好きだと、恵利原柊は言った。四年前の卒業演奏会の前日。レッスン室の鍵を返して、中庭に出たところだった。

　三月に入って寒さは幾ばくか緩んだが、日はまだ長くなっていなかった。六時を過ぎた屋外はすでに真っ暗で、外灯が煌々と光っていた。

　校舎には明かりが灯っていたけれど、中庭に人気《ひとけ》はなかった。突然の告白に驚いたツバメが足を止めるのも、恵利原柊が居心地悪そうに一歩先で振り返ったのも、誰も見ていなかった。

「でも、羽生さんのピアノは、普段の羽生さん通り奔放で明るくて、どんなに悲しい曲でも、安らかに聴いていられる」

　そういうところが好きだとも、彼は言った。

　男の子から好きだと言われるのは初めてだった。だから、普通の人がどんな言葉で愛の告白をするのか知らない。

　でも、音楽を愛する人の愛の告白は、その人の音楽をそっくりそのまま言葉に表したような、そんな色をしていた。

　恵利原柊のピアノはいつだって真摯だった。ピアノに触れられる感謝にあふれた演奏は、とても親しみやすく、いい意味でわかりやすい。音楽に詳しくない人間に、難しいことは気にせず音を楽しんでくれさえすればいいんだよと笑いかけるような、そんなピアノを弾く。

「ああ、でもね、別に羽生さんのピアノが好きだからってだけじゃないんだ」

　暗がりで、恵利原のこめかみのあたりに外灯の光が当たっていた。吊り上がった左目ではなく、右目の方に。

「文化祭……うん、そう、去年の文化祭。マリウスとコゼットをやったときだ。目を褒めてくれたのも、俺のピアノを楽しそうに見えるって言ってくれたのも、嬉しかったんだ。それで、好きだなと思った。もっと一緒にいたいと思った」

温かな橙色の光をたっぷり溜め込んで瞳は、ゆらゆらと揺れながらツバメを見ていた。

ああ、この告白は冗談でもおふざけでもなくて、心からの言葉なんだ。彼の目を前に、すぐにわかってしまった。

嫌だなあ、もう。からかわないでくださいよ。恵利原君は大事なお友達なんですから。そんなふうにはぐらかせたらどれほど楽か。そんなことができるくらい鈍感で不誠実な自分だったら、どれほどよかったか。

「ごめんなさい」

ぎゅっと両の掌を体の前で組んで、恵利原に一礼した。ステージの上で、客席にそうするみたいに。

「告白は嬉しいです。でも、これから私達、大学生になるじゃないですか。もっと勉強して、ピアノを頑張って、コンクールに出たり留学したり、いろいろ大変になるじゃないですか」

うん、と彼は言った。頷いた。ツバメに好きだと言ったときと変わらない、優しい顔で。

「正直、私は今、そういうことを全然考えられる状態になくて、恵利原君に好きと言ってもらえるのは嬉しいけれど、付き合うことは考えられないんです。こういう状態で仮に付き合ったとしても、あまりよくないと思うんですよ」

相手の何が嫌というわけでもなく、酷いことをされたわけでもなく、ただ、相手の存在がわずらわしくなって、嫌いになってしまう。そんな未来が易々と想像できてしまった。

「うん、そうだよね」

恵利原はまた頷いた。「そうだよね」ともう一度言葉を重ねた。

「ごめん、卒業演奏会の前の日に」

「いえ、それはいいんです」

「伝えたかっただけなんだ。その先のことなんか、全然考えてなかった」

先のこと。その言葉の意味をそのときの自分に察しろなんて、無理な話だ。

「ごめんね、なんか気まずいね」

あはは っと笑った恵利原は「先に帰る。また明日」とツバメに手を振った。早足でツバメから離れていき、外灯の光が届かない場所へ行ってしまう。

彼と話したのは、それが最後。翌日の卒業演奏会では、控え室の外で彼を見かけはしたけれど、話はしなかった。

でも、恵利原柊はツバメと目が合うと会釈をしてくれた。昨日はごめん、お互い頑張ろう。そう言ってくれているようにツバメは受け取った。

昨日のことは二人だけの秘密にして、卒業演奏会が終わっても、大学生になっても、友人として仲良くやっていける。同じコンクールに出てライバル同士となっても、「一緒に頑張りましょうね」と言い合える。

そう、思っていた。

思っていたんだ。

いつの間にか視界が潤んで、ピアノの鍵盤が歪んでいた。

それでもツバメの指は鍵盤に吸いつき、ミスタッチすることなく演奏し続ける。自分の目は間違いなくピアノを見ているのだが、同時に恵利原柊の目も見ていた。

左目がちょっと吊り上がった、左右非対称の目。四年前にツバメのことを好きだと言ってくれたときの彼の目が、リハーサル前に慧也と話してからずっと消えない。

こういうことは、サリエリ事件から何度もあった。自分のピアノがサリエリ事件一色になって、動かなくなった雪川織彦の姿や、血まみれで震える加賀美希子の姿でいっぱいになる。

恵利原柊とミュージカルの特訓をしたこと、彼に告白されたことが、演奏の中にあふれていく。

ずっとずっとそうだった。こういうときにどうすればいいか熟知しているくらい、慣れてしまった。

簡単な話だ。ピアノを弾き続ければいい。弾いて弾いて、うんざりするくらい弾いて。油汚れを何度も擦って落とすように、サリエリ事件の記憶を薄める。

厄介なのは、油汚れと違って、どれだけ擦っても完全に消えることはないということだ。限りなく薄められたと思っても、演奏中にぶわっと蘇る。それがサリエリ事件だ。

ピアノは、誰にでも音が出せる。だからピアニスト達は自分の音を探すのだ。誰でも音の出せる楽器で、自分だけの音を出すためにピアノを弾き続ける。

ツバメの音には、雪川織彦が潜んでいる。サリエリ事件が振り下ろした鎌によってつけられた傷が、希子の右腕と同じように消えずに居座っている。

自分を解放しよう。慧也はそう言った。こんな状態で果たしてそんなことができるのか。結局彼に聞くことはできなかった。

その後のリハーサルで、ツバメはピアノを弾かなかった。段取りだけをチェックして、すぐにステージを降りた。そのままレッスン室へ向かって、一人ピアノを弾き続けた。

涙が乾いてきた。潤んでいた視界がクリアになっていく。うん、大丈夫。こうなれば私は大丈夫。ピアノを弾く自分にそう言い聞かせる。

ツバメの集中を断ち切るように、スマホのアラームが鳴った。レッスン室の使用時間が終わってしまった。

鞄を抱えて、受付にレッスン室の鍵を返しに行った。今日は帰って早く休もう。そう思ったのに、出入り口に近いレッスン室から聞こえてきた曲に、足を止めるしかなかった。

演奏されていたのは、ショパンの『ラ・チ・ダレム変奏曲』だったから。

レッスン室のドアについた小窓から、中を覗く。ピアノを弾いているのはやはり加賀美希子だった。

防音扉越しに聞こえるピアノにじっと耳を澄ました。彼女のピアノは、高校時代からピリッとした切れ味が特徴的だとツバメは思っていた。酸味の強いコーヒーみたいな、あとに残る音色なのだ。

『ラ・チ・ダレム変奏曲』は確かに雪川織彦が四年前に弾くはずだった曲なのだが、希子が弾く『ラ・チ・ダレム変奏曲』とは全くの別物を彼は披露しただろう。

別にこの曲は彼のものではないのに。そんなふうに考えてしまう時点で、呪いをかけられているのだ。何の非もないのに命を奪われた彼は、意図せず大きな呪いをこの世に残していった。

そこまでわかっていて、この呪いを忌々しいと思っている自分が、猛烈に卑しいと思う。

ピアノは不自然に途切れて、ツバメは息を吞んだ。

加賀美希子が、こちらを見ている。

動けずにいたツバメのことを、希子が手招きした。ゆっくりドアノブを捻って、「失礼しまーす」とツバメはレッスン室に足を踏み入れた。

「すみません、練習の邪魔をしてしまって」

「羽生さん、相変わらずタメだろうと後輩だろうと敬語なんだね」

ふふっと笑った希子が「座る？」と側のパイプ椅子を勧めてくる。

「もうそろそろ終わろうと思ってたから、大丈夫だよ」

希子がパリから帰国したことはもちろん知っていたが、こうして話すのは久々だった。相変わらず話し方は素っ気なくて、大丈夫と言いながら迷惑がられているように聞こえるのだが、とりあえず勧められた椅子に腰掛けた。

「加賀美さんの選曲、びっくりしました」

「雪川君の曲だったから？」

言葉に詰まる。まさか違うなんて言えるわけがなく、ツバメはゆっくり頷いた。そんなぎこちない動きを、希子は笑い飛ばした。

「だよね。しかも、他の学生じゃなくて、私が弾くんだからね。みんなざわざわするよ」

「わかってて『ラ・チ・ダレム変奏曲』にしたんですか？」

「別に、目立ってやろうとか物議を醸してやろうとか顰蹙《ひんしゆく》を買ってやろうとか、そんな魂胆はないからね？」

わかっている。一番の親友というわけではないけれど、高校時代は三年間同じクラスで、ピアノを弾く彼女を何度も見てきた。そんな理由で演奏会の曲目を選ぶ人ではない。

直接こんなことを本人に言ったら、「ガラでもない」と嫌がられるかもしれないけれど、加賀美希子は音楽に誠実な人だから。彼女の演奏にきちんとそれが表れている。

「サリエリ事件と決別するため、なんですよね？」

「決別って言うと格好よすぎるな。でも、一言で表すならそうだよね」

決別だよ、決別。自分の胸に刻みつけるみたいに繰り返した希子に、ツバメは自然と頷いていた。

「慧也君も言ってました。卒業演奏会を一区切りにして、自分で自分をサリエリ事件から解放しようって」

「そうだね。私と違って、桃園も羽生さんもただ一緒に演奏会に出てただけなんだから、忘れていいんだと思うよ」

希子が左の掌で、そっと右腕に触れる。無意識の行動だとわかったから、できるだけそちらを見ないようにした。

「でも、雪川君と恵利原君のクラスメイトでした。そこだけは変えられないというか……恵利原君を止められたかもしれないって気持ちは、一生残ると思います」

「そりゃあそうだ。一生残るから、できるだけ忘れようとするんじゃん？　桃園も羽生さんも卒業したら留学するんだし、いいタイミングだと思うよ」

「加賀美さんは、パリでもサリエリ事件のことは思い出しましたか？」

ツバメの問いに、希子は「忘れられるわけないでしょう」と自分の右腕を指さした。

「忘れられないから、無理矢理区切りをつけるために、日本に帰ってきたの」

ピアノの蓋を閉めた希子が立ち上がるのに合わせ、ツバメも席を立った。互いが卒業演奏会で演奏する曲について話しながら、レッスン室の入る建物を出た。

中庭にたたずむ時計が午後五時を指しているのを見て、足を止める。

「友達と会って帰るので、私はここで」

また、卒業演奏会で。希子に手を振って、ピアノ科の教室が集まる校舎へ向かった。二階に上がると、錦先生が普段からレッスンを行っている教室から、ちょうど藤戸杏奈が出てきたところだった。

「杏奈、ナイスタイミングでした」

毎週、この曜日のこの時間が、杏奈のレッスンだった。「すぐに卒業だし、やる意味もないんだけどね」なんて投げやりなことを言いつつ、杏奈は春休みも律儀にレッスンに来ていた。

「ツバメ……」

ちらっと教室を確認した杏奈が、声を潜める。

「先生に用事？　なんか、あんたがリハの前のレッスンで全然集中してなかったって、ご機嫌ナナメだったよ。あと、リハでちゃんと弾かなかったのも、なんか気に入らなかったみたい。あんたがどうしても卒業演奏会でラフマニノフの『楽興の時』がやりたいって言うから無理を言って通したのにって」

「うわあ、それはすみません……」

先生が教室を出てこないうちに、駆け足で校舎を出た。幸い、錦先生は姿を現さなかった。杏奈のあとにもレッスンを控えている学生がいたのかもしれない。

中庭に敷かれた赤いレンガで、ツバメと杏奈の靴の踵が鳴る。恵利原柊に告白されたのもこの中庭だったと、今更のように思い出す。

「で、どうしたの？」

薄暗い中庭を正門に向かいながら、杏奈が聞いてくる。中途半端に首にかけるだけだったマフラーを、ツバメは巻き直した。

「さっき、レッスン室で加賀美さんと話しました」

「あ、彼女、よく卒演に『ラ・チ・ダレム変奏曲』を持ってきたよね。びっくりしちゃった」

「はい、その話もしました。サリエリ事件にケリをつけるために、『ラ・チ・ダレム変奏曲』を弾くことにしたって」

杏奈の歩調が狂う。かつん、かつんと規則的に鳴っていた音が乱れる。「えええ……？」と眉を寄せた彼女は、視線をくねらせるように何度か首を傾げた。

「わかんないなあ、できる人の考え方ってやつは」

「私も、卒業演奏会でケリをつけようかなって思うんです」

言葉にすると、思っていたより強く、色鮮やかに、自分の胸に染み渡った。視界が開けて、周囲の音がよく聞こえた。

「忘れるのは無理ですけど、そろそろケリをつけるべきなんですよ。私達は、サリエリ事件のあともこうやって自分の人生を生きていかなきゃならないんですから」

歩く速度は変わらないのに、不思議と自分の足取りまで力強くなっていく。そうだ、私はこの足でロシアに行って、この両手でピアノを弾くんだから。

決して、都合の悪いことを忘れたいわけじゃない。さっさと忘れて楽になりたいわけじゃない。ただ、自分の人生を生きるためには、いつまでもこのままではいられない。

そう思ったら、やるべきことは一つじゃないか。

「今度の卒業演奏会に、私と杏奈と、慧也君と加賀美さんが選ばれたのも、運命とか宿命とか、そういうものなんじゃないかなと思うんです。サリエリ事件の関係者が集まっちゃったんですから、みんな、もう区切りをつけるべきなんですよ」

ね？　と杏奈を振り返ると、彼女はぽかんと口を開けたまま、とぼとぼと音が聞こえそうな歩き方でツバメについてきていた。

「ツバメも加賀美さんも桃園も、そんなこと考えてたんだね」

「ただ悩んでいただけですよ。このままロシアに留学していいのかなって」

「卒演の曲を『火の鳥』から『楽興の時』に変えたのも、そのせいなの？」

杏奈が立ち止まる。電池が切れたみたいな止まり方だった。数歩先で振り返ったツバメは、彼女の問いにゆっくり頷いた。

考えさせてほしいと言ってずっと保留にしていた卒業演奏会の曲を、ツバメはラフマニノフの『楽興の時』にした。卒業試験で披露した『火の鳥』でもないし、これまで演奏したことのある曲でもなかったから、錦先生はいい顔をしなかった。

何より、『楽興の時』は演奏時間が三十分近くある大曲だった。卒業試験の延長として十分から十五分程度の演奏が多い卒業演奏会でも、かなり長い。それでも、四年間の集大成としてどうしても弾きたいと錦先生に頼み込んで、渋々ＯＫしてもらったのだ。

「雪川君が生きていたら、錦先生の自慢の教え子としてロシアに留学したのは、きっと彼だったと思うんです。雪川君本人も、いつかロシアに留学したいって言ってましたし」

ストラヴィンスキー同様、ラフマニノフもロシアの作曲家だが、雪川織彦のことを思うとラフマニノフを弾きたいと思った。

ロシアの地に響いていた教会の鐘の音を模した重厚な和音を大きな特徴とするラフマニノフ。演奏旅行に出かけたきり二度と祖国ロシアの地を踏むことができず、モスクワに埋葬されることを望んでいたのに、叶わなかったラフマニノフ。

ロシアを愛したのにロシアに帰れなかった彼の生涯と、聴く人の魂を慰める鐘の音を、サリエリ事件に捧げたかった。

「自分に酔ってるだけなのかなと思って、曲を提出したあとも迷ってたんです。でも今日、慧也君と加賀美さんと話して、ちょっと霧が晴れましたね」

そうか、と杏奈が呟く。擦れた声はまだまだ冬の気配を含む風に掻き消されてしまう。

「杏奈も、そうしましょうよ」

石神の取材を受けた日、彼女も慧也と同じことを言った。恵利原柊の家庭事情を知っていて何もできずにいたことを、慧也と同じように、ツバメと同じように、「もしかしたら」を喉元に大事にしまい込んでいた。

「みんなで、卒業演奏会で区切りをつけましょう。それが許されるくらい、私達は考え続けてきたと思います」

慧也がどれほど悩んだのか、杏奈がどれほど後悔したのか、希子がどれほど憤ったのか、すべてを見透かすことはできないけれど、全員がサリエリ事件の関係者だった。その一点を通して、自分達はつながっている。

だから、理解し合うのも許し合うのも、この四人で。そのための卒業演奏会なのだ。

「ありがとう」

苦笑しながら杏奈は小さく溜め息をついたが、確かに頷いてくれた。

「私はツバメと違って、演奏会で失敗しないことに精一杯かもしれないけど。精一杯いい演奏をして、それで自分のピアニスト人生に区切りをつけるよ。そうすれば自然とサリエリ事件も一区切りつくんじゃないかな」

再び歩き出した杏奈が「あ、ケーキ食べて行こうか」と提案してくる。今食べてしまうと夕飯の時間が心配だが、ツバメは「行きます！」と大きく返事をした。小さな子供みたいなリアクションに、杏奈が噴き出した。

いつか石神の取材を受けたカフェで、ケーキを二つと、紅茶を二種類飲んで帰った。夕飯は食べられなかったが、ツバメの機嫌がよかったせいなのか、両親は怒らなかった。

◆石神幹生

スマホのアラームが鳴るより先に目を覚ました。

灰色の天井に刻まれた模様が鮮明に見えるまで、仰向けのまま覚醒を待った。

深い瞬きを数度して、大きく息を吸って、体を起こす。最近、こうしないとベッドから起き上がれなくなった。

会社の仮眠室のベッドは、いろんな社員の泊まり込みが積み重なってマットレスがすっかり煎餅になっていた。寝心地は最悪で、最近は使う人間も滅多にいない。

トイレで顔を洗って、ついでに髪も水で濯《すす》いだ。トイレに入ってきた一回り年上の上司が、手洗い場に屈み込む石神を見て「うわっ、びっくりした」と飛び上がった。

「なんだ、シニガミじゃねえか」

半笑いで小便器の前に立つ上司に「お疲れさまです」と一礼して、タオルで頭を拭きながらトイレを出た。

午前八時を過ぎた週刊現実の編集部は、ちらほらと編集部員や事務員の姿があった。定時なんてあってないような職場だから、誰もがそれぞれの都合で早くも遅くも出社する。

週刊誌の編集部は、汗と皮脂とコピー機のインクが混ざり合った匂いがする。どれだけデジタル化が進んでも編集部員達のデスクは本や原稿で雑然としていて、ほんの少しの振動で雪崩を起こす。誰もが常時疲れている。なのに、ハイエナのように次のスクープを求めてあちこちを這いずり回っている。

編集部に配属になって五年。この煤けた雰囲気の職場にも随分慣れたし、それなりに愛着も感じるようになっていた。

「いや、石神、怖いよぉ」

デスクの一番下の引き出しを開けたところで、隣のデスクにいた同期入社の女性編集者・鈴《すず》埜美羽《のみう》が石神の手元を覗き込んだ。金縁に細かな装飾がついた洒落た丸眼鏡の向こうで、切れ長の目が呆れ果てている。

「何が」

「目の前の人が突然、大量の精神安定剤を飲み始めた感じだよ」

引き出しの中には、ミネラルウォーターとゼリー飲料がぎっしり入っている。会社の側のドラッグストアで二週間に一度大量に購入して、デスクの引き出しに突っ込む。最近の石神の食事はもっぱらこれだった。自宅の冷蔵庫の中身も、引き出しと似たような状態だ。

「コンビニが会社の目の前にあるんだから、せめてそこで何か買って食べなよ。なんで常温の水と常温のゼリー飲料が主食なの。怖いって」

「これが一番楽でいいんだよ。鈴埜もやってみろ」

「嫌だよ。食が一番の楽しみな毎日なのに」

楽だからいいんじゃないか。何も考えなくていいから。迷わなくていいから。

ペットボトルを開けて中身を半分ほど一気に飲む。仮眠室が乾燥していたせいで、口の中が痛いほど喉が渇いていた。

ゼリー飲料も、パッケージにわざわざ「冷やしてお召し上がりください」と書いてあるだけあって、常温では決して美味いわけではない。だが、石神はこれに美味さを求めていない。

「石神、最近ますます青白いよ。また過労でぶっ倒れても知らないから」

「あのときは悪かったと思ってるよ」

「目の前で同期が倒れるってさ、心配よりドン引きが勝つから。もう二度とやめてよね」

そう言う鈴埜は、出社途中にサンドイッチとコーヒーを買ったらしい。紙袋を開けて、これ見よがしに「うわあ、美味しそう」と呟きながらホットサンドにかぶりついた。

「自分からシニガミってあだ名に寄せていかなくてもいいだろうに」

ゼリー飲料を啜る石神に、ホットコーヒー片手にまだ鈴埜がチクチク言ってくる。

ひょろ長い体格で色白で、愛想が悪く目に生気がない。別に不健康な生活を進んでしていたわけでなく、昔からそういう見た目だっただけなのだが、そんな石神に「シニガミ」というあだ名をつけたのは副編集長だった。

新人の頃はそれがただのあだ名として笑えるものだったが、最近は鈴埜以外の編集部員達も「だんだん洒落にならなくなってきた」という顔をするようになった。

「別に自分からシニガミに寄せてるわけじゃない」

「寄せてないなら、あだ名に呑み込まれてるよ、あんた」

「本当に死神になれるならそれを利用してスクープを取ってくるよ」

「殺しにかかってるじゃん」

隣同士で正反対な食事を進めながらする他愛のない会話が、実は石神は嫌いではない。鈴埜以外とは、業務と関係ない話をほとんどしないから。

これすら鬱陶しいと思うようになったら、いよいよ終わりだ。

味なんて碌に楽しむことなく喉に流し込んだゼリー飲料は、数十秒で空になった。口の中に残ったほのかなグレープフルーツの風味を、ミネラルウォーターで洗い流す。

「駅前にラーメン屋がオープンしたの見た?」

「さあ。全然気づかなかった」

出社のとき、外出するとき、視界には入っていたはずだ。ただ最近、見えるものがことごとく自分の中を素通りしていく。新しい店ができた、隣の席に座った人間が面白い話をしている、奇妙な形の雲があった……そういうものに気づけなくなった。

「激辛ラーメンらしいけど、昼に食べに行かない？」

「遠慮しとくよ」

「辛くないラーメンもあるってよ」

「遠慮しとく」

辛かろうと辛くなかろうと、ラーメンが目の前に出てきたら自分は箸を動かせない。鈴埜がレンゲでスープを口に突っ込んできても、きっと吐き出してしまう。

この数ヶ月、食事が下手になった。口が、舌が、喉が、胃が、腸が、それぞれの仕事をしなくなった。何を食べても味が濃く、塩っ辛く感じる。どれだけ咀嚼しても、飲み込むことができない。無理矢理飲み込んでも消化が上手くいかない。病院に行くのも面倒臭い。だから、最近の食事はミネラルウォーターとゼリー飲料ばかりになった。

「どのみち、今日は一日外だから」

髪が乾いてきたのを確認し、整髪料で前髪を整えて、石神は席を立った。「適当に飯は食べなよ」という鈴埜の助言に生返事をして、一昨日に刷り上がった週刊現実を四冊、それぞれ丁寧に茶封筒に入れて、リュックサックに突っ込んだ。

表紙には、先日不倫スキャンダルが出たアイドルの続報と、文科大臣の不祥事がでかでかと取り上げられている。それに紛れるように、サリエリ事件の見出しがある。

今日発売だから、そろそろ書店やコンビニや駅の売店に並び始めるだろう。今日の夜にはウェブ版も公開される。

少しだけ重くなったリュックを背負って、会社を出た。駅で新宿行きの地下鉄に乗った。電車が動き出してから、鈴埜が言っていた新しいラーメン屋を素通りしたことに気づいた。

あーあ、と思ったのも一瞬で、次の駅につくまでにどうでもよくなった。

新宿駅で乗り換えて、吉祥寺駅までは十五分ほどだ。駅から朝里学園大学へ続く道に、ちらほらと同じ目的の人間が歩いているのがわかった。

普段着より少しかしこまった服を着て、いつもより少しだけ髪型に気を遣って、足取り軽く大学へ向かう。大学生らしき人もいれば、年配者も中高生の姿もある。ああ、演奏会に行くんだな。後ろ姿だけで、よくわかる。

朝里学園大学の正門には「卒業演奏会」という立派な看板が出ていた。その看板をわざわざ写真に収めてから正門をくぐる人もいた。

大学の敷地に入ると、目の前を桜の花びらがひらひらと通り過ぎていった。やや遅れて、桜の花と湿った土の香りがする。

立派に咲いてるねえ、と誰かの声がした。立ち止まって桜の木をわざわざ見上げている人々の横を、石神は素通りする。こちらは、それどころではないのだ。

モーニングホールへ続く並木道は穏やかだった。四年前、同じ場所、同じ演奏会で殺人事件があったことを、必死に過去のものとして扱おうとしている。エントランスに吸い込まれていく観客達も、多くはサリエリ事件のことなどすっかり忘れているのかもしれない。

忘れた人間、そもそも知りもしない人間、ニュースの一つとして面白がっている人間、そして頑なに囚われている人間。その割合は、一体どれくらいなのだろう。受付でチケットを提示する人々をぼんやり見つめながら、石神は考えていた。

受付でチケットを差し出し、パンフレットを受け取って客席に入る。席は後方の一番端だった。開場したばかりで、まだ座席はちらほらとしか埋まっていない。

滑らかな肌触りの座席に腰掛け、パンフレットをめくる。今日行われる大学ピアノ部門以外にも、管楽器、弦楽器、打楽器、声楽、それぞれの学科の成績優秀者の名前と顔写真、演奏曲がずらりと並んでいる。

ああ、あのコンクールで三位だった子か。この子はあのコンクールで聴衆賞を取った子か。彼はこの間デビューリサイタルをしていた……プログラムを眺めているだけでも、ピンとくる名前がいくつかある。

どの学生もエリートだ。幼い頃から音楽に親しみ、両親や恩師がその素質を育み、音大まで導いた。それが許される環境に生まれた。幸運のカードをいくつも所持した上で、音楽の才能を持っていたエリートばかりだ。

そんな強運なエリートの群れの中でも、目につくのはどうしたってサリエリ事件の関係者だった。

●加賀美希子
ショパン：ラ・チ・ダレム変奏曲
●藤戸杏奈
リスト：超絶技巧練習曲集第5番「鬼火」
……
●桃園慧也
ショパン：バラード第4番へ短調
……
●羽生ツバメ
ラフマニノフ：楽興の時

一番手の加賀美希子、二番手の藤戸杏奈に始まり、附属校出身ではない学生を挟みながら、トリは首席の羽生ツバメ。

「やばいよ、また人が死ぬかもよ」

石神の前に座っていた学生らしき二人組が、そんなことを言ってくすくすと笑い合った。

プログラムを閉じ、石神はホールの天井を見上げた。ピラミッド形に尖った天井。自分達を取り囲む寄木細工のような壁。壁の凹みをオレンジ色の照明が照らし、濃い影を作る。ステージに立つ人間が奏でる音楽を、より美しく響かせることを追求して作られた、音楽のための空間。

こういう場所にいると、未だに胸がざわつく。音楽を聴くために作られたホールは、澄んだ美しい音と一緒に、お前はステージの上には行けないということを突きつけてくる。

お前も、恵利原柊も。

息を吸った。音楽ホール独特の甘い香りに、石神は喉を鳴らした。咳を数度して、水を飲むために席を立った。

この日、二度目のサリエリ事件が起きた。

四年前と同じ、卒業演奏会の行われるこのホールで、恵利原柊のクラスメイトが、雪川織彦のクラスメイトを殺した。雪川織彦のクラスメイトが、恵利原柊のクラスメイトを殺した。

それを、シニガミのあだ名を持つ石神はまだ知らない。

第五章　サリエリの使者

◆桃園慧也

関係者通用口から控え室のあるステージ裏に回ると、加賀美希子の控え室をスタッフがノックしていた。ドアが開き、やや苛立った様子の彼女と言葉を交わしたスタッフは、足早にその場を去る。

「眉間に皺寄ってるぞ」

自分の眉と眉の間を指さしながら、慧也は彼女に笑いかけた。熟れたリンゴや派手なバラが可愛く見えるほどの鮮やかな赤いドレスの上に、黒いニットのカーディガンを羽織っている。

「ご忠告どうも」

険しい顔のまま、彼女は自分の眉間を指の腹でそっと撫でた。

「ねえ、そのドレスさ」

聞いたはいいものの、次が続かない。困った慧也を嘲笑うように、希子は首を傾げた。

「見る？」

そう言って、彼女は慧也を控え室に招き入れた。あの加賀美希子が、本番前に他人を控え室に入れるなんて。

慎重に控え室に足を踏み入れ、後ろ手にドアを閉めた。

「腕、出すの？」

カーディガンを脱ぎかけた希子に問いかける。わざわざ確認しなくてもすでに彼女の白い肩口が見えていた。

「どう？　今日のためにわざわざ新調したんだけど」

ぽいっとソファにカーディガンを投げ捨てた希子をよそに、慧也は彼女の右腕を凝視していた。ベアトップの真っ赤なドレスから伸びる希子の腕には、いつか中華料理屋で見せられた傷跡がある。

それでステージに立つの？　なんて質問は野暮だった。

「おお、似合ってる似合ってる。すんごい目立つ色だな」

「でしょう？　ひと目見て、絶対この赤がいいなって思ったんだよね」

ドレスの裾を持ち上げ、希子は軽やかにその場でくるりと回って見せた。

「じゃ、一人になりたいから早く出て行って」

「言うと思ったよ」

本番前にドレスを――本当は「腕を出して演奏すること」を、誰かに見せたかっただけだろ。苦笑しながら慧也は控え室を出た。

今日の演奏順は一番手が希子で、二番手が藤戸杏奈。何人かを挟んで慧也の出番が来て、休憩を挟み卒業試験の成績上位者へと演奏がつながっていく。華々しくトリを飾るのが、羽生ツバメだ。

自分の控え室に入り、スーツに着替えて髪を整えた。ハンカチをポケットに入れ、あとは黙ってソファに腰掛けていた。途中で四年間お世話になった高木先生が激励のために顔を出してくれて、「来月にはパリだな」と肩を叩かれた。

そうか、もう大学の卒業式も終わったんだ。日本とも、しばらくの間おさらばなんだ。高木先生が去った控え室で一人、しみじみとそう思った。

時刻を確認する。もうすぐ開演だ。廊下を覗くと、スタッフに誘導されて希子が控え室から出てきたところだった。

「ステージ袖で聴いてようかな」

何食わぬ顔で彼女の隣に並ぶと、希子は「どうぞ」と笑った。袖に立つと、ステージ上で卒業演奏会開演の挨拶がなされている。司会の女性の声がホールに響く中、希子は羽織っていたカーディガンを脱いだ。何食わぬ顔で、それを慧也に渡してくる。

「長い四年間だった気がする」

ステージからこぼれる白い照明を見つめながら呟いた彼女に、慧也は静かに頷いた。胸に抱いたカーディガンは温かかった。

「今日で終わりよ」

演奏者の紹介が始まった。加賀美希子、ショパン『ラ・チ・ダレム変奏曲』——アナウンスが終わると同時に、希子がステージに出た。光の中を歩く彼女の後ろ姿は凜としていて、真っ赤なドレスが目に痛いほど眩しかった。右腕に走る鋭利な傷跡に、彼女を包む拍手がかすかにどよめいた。

拍手が止む。ステージ袖に置かれたモニターでも、椅子に腰掛ける希子のドレスは色鮮やかだった。右腕の傷は、モニター越しでもはっきりと見えた。客席でどれだけの人が、その傷に注目しているのだろう。

あの傷は何？　痛々しいからボレロか何かで隠せばいいのに。あの子、サリエリ事件の被害者の子でしょう？　よくあの状態でステージに出られるね。うわ、しかも『ラ・チ・ダレム変奏曲』を弾くの？　そういうパフォーマンスなんじゃない？　たくさんの声が、慧也には聞こえた。

希子が鍵盤に触れる。モニターから視線を外し、慧也は目を閉じ、耳に神経を集中させた。

暗闇の中、最初の一音が響く。遠い空の彼方から、星が落ちてきたみたいに。

序奏は優雅に、主題であるモーツァルトの歌劇「ドン・ジョヴァンニ」で歌われる『お手をどうぞ』の世界観が紡がれる。場面を一つ一つ、じっくり味わうように進んでいく。

女たらしの貴族ドン・ジョヴァンニに口説かれる村娘ツェルリーナの愛の二重唱を、ショパンがどう聴き、何を思い、『ラ・チ・ダレム変奏曲』を作ったのか。音の端々に、ピアニストの解釈が垣間見える。

穏やかな曲調が、徐々に激しく躍動感のあるものに変わっていく。分厚い扉を激しくノックするように、扉を開けては次の、また次の扉をこじ開けていく。でも決して粗雑ではなく、技巧的に。

音に鋭利な対抗心と気高い羨望がある。華やかな第一変奏に入ってもそれは変わらない。

第二変奏、第三変奏――さまざまな音が細やかに駆け回る様に、慧也は目を閉じたまま息を呑んだ。

希子は、モーツァルトの愛の二重奏に魅了されたショパンではなく、その才能に挑むショパンを見たのだろう。そのショパンは雪川織彦のような顔をしていそうだが、これは卒業演奏会だから、それでもいいのかもしれない。他ならぬサリエリ事件のもう一人の被害者・加賀美希子が、弾いているのだから。

さあ、いよいよフィナーレだ。この曲の中で慧也が最も好きな部分だった。楽譜にはアッラ・ポラッカ――「ポーランド風に」と発想記号が打たれている。転調したピアノは華麗に踊り出す。平らな土地・ポーランドの空は広く、手が届きそうなほどに近く、その下で人々が踊る。晴れやかで壮大な曲の終わり。

この瞬間の希子の姿を見たいと思って、慧也は静かにモニターを見やった。目を瞠った。息が震えた。

ステージ上の彼女を照明が照らしている。照明の強さか、光の反射か、それとも神様のいたずらか。彼女の腕の動きと光の加減で、腕の傷が白い肌に溶けて、見えなくなる。

最後の和音がフォルテフォルティッシモで盛大に響いて、一瞬の沈黙の末に、拍手が沸き起こった。観客は今の光景を見ただろうか。希子の抱えた傷が消える瞬間を、その目で直に見ただろうか。

真っ赤なドレスがステージを捌けてくる。彼女はいの一番に慧也を見た。あ、まだいたんだ。

肩を上下させながら、そんな好戦的な顔をする。改心することのなかったドン・ジョヴァンニは地獄に落ち、人々は「これぞ悪人の結末だ」と歌う――「ドン・ジョヴァンニ」はそんな結末を迎えることを、どうしてだかこのタイミングで思い出した。

「お疲れ……」

ずっと胸に抱いていたカーディガンを差し出そうとした慧也を制して、希子がこちらの頬を両手で摑んだ。そのまま、酷く乱暴なキスをされた。

ドレスと同じ色のリップが思い切りこちらの唇についた気がしたが、構わず「あー、うん、ごちそうさま」と肩を竦めた。周囲のスタッフから生々しい視線が飛んできたが、そんなもの微塵も気にならなかった。

「どうだった？」

「演奏が？　キスが？」

「演奏に決まってんだろ」

慧也の頬を摑んだまま、笑いながら、睨みつけてくる。

「よかったよ。加賀美のラ・チ・ダレムだったな」

雪川のことなんて、一ミリも思い浮かばなかったよ。そんな嘘を言おうとしてしまって、慌てて呑み込んだ。

「逃れることはできないけど、今日、初めて殴り返せた気がするんだ」

「サリエリ事件を？」

「そうね、諸々ぜーんぶ」

ふふっと笑みを浮かべた希子は美しかった。唇にこびりついた真っ赤なリップが熱を持ってしまうくらい。

「傷が、一瞬だけ消えたんだ」

「え？」

彼女の右腕に視線を落とす。変わらずそこには、四年前のサリエリ事件の痕がある。

「光の加減なんだろうけど、そこのモニターで見てたら、加賀美の腕に傷なんてなかった」

希子の目がモニターに移る。でも、すぐに慧也に視線を戻してきた。「そう、ありがとう」と微笑んで、慧也の顔から手を離した。どちらの掌も少しだけ汗ばんでいた。

そんな自分達の横を、ブルーのドレスを着た藤戸杏奈が、何も言わず通り過ぎていく。サンクトペテルブルクのエカテリーナ宮殿みたいな色合いのドレスは、彼女が四年前に着ていたのと同じものだった。

無言でステージに出た杏奈に、何の声もかけられなかった。確か彼女が演奏するのは……卒業試験と同じ、リストの「鬼火」だったはずだ。あの超絶技巧で観客を魅了するに違いない。

「行こう」

カーディガンを羽織った希子に手を引かれ、慧也はそのままステージ袖を出た。希子とは廊下で別れ、自分の控え室に戻った。

室内に備えられた水道で顔を洗って、唇についてしまった真っ赤なリップを落とした。ちょっと惜しいなと思ってしまった。

「次はお前の番」

頬を叩いて、鏡に映る自分に活を入れる。

希子は袖には来てくれなかった。恐らく、客席で残りの参加者の演奏を聴いているはずだ。別にいいんだけどさ。ほんの少しだけ肩を落としてから、慧也はステージに出た。演奏者名と曲名がアナウンスされ、ステージに現れた慧也を拍手が包む。

椅子に腰掛け、高さを調整し、観客の視線を頬でビリビリと感じながら、手首と指を軽くストレッチしてやる。

ショパンの〈バラード第4番へ短調〉は、ショパンの作品の中でも特に難しいとされるものの一つだった。同時に傑作の一つとしても数えられていた。卒業試験の演奏曲として選ぶことも、卒業演奏会で弾くことにも、何の躊躇《ためら》いも感じないほどに。

大きく息を吸って、吐いた。不思議なもので、ステージ袖で確かに感じていたサリエリ事件の影が、その一呼吸で綺麗に消えた。このモーニングホールが惨劇の舞台であることも、四年前に自分がここに立ったことも、何もかもが小さなことになる。

二百年近く昔を生きたショパンに、今からピアノを通して語りかける。その行為は、サリエリ事件すらも些細な歴史の一粒にしてくれた。

鍵盤に触れる。ピアノの方から一歩、慧也の方に歩み寄ってきてくれた気がした。

バラードは静かな和音から始まる。音が重なるごとに、自分の体とピアノの繋がりが固く確かなものになる。雲間から細い光の筋が差して、少しずつ大きくなっていく。ポーランドの冷たい朝が徐々に明るくなっていく。そんな光景がピアノの向こう側に見えた。

第一主題に入ると、緩やかな転調を繰り返す。日が高くなって一日が移ろいでいくようにも思えるし、季節そのものがなだらかに流れていくようにも感じられる。過ぎゆく時間をぼんやりと眺めるような調べの中、酷く情熱的な音が天から落ちてくる。ピアノから熱く大きなうねりが生まれる。

自分の額で小さな汗の粒が揺れるのがわかった。熱っぽいメロディに悲しみが滲んでいる。〈バラード第4番ヘ短調〉を作った年、ショパンは恩師と親友を失った。一方でこの頃が作曲家としてのショパンの絶頂期でもあった。これ以降、彼の作品は減っていくのだ。

何もわかりはしない。こうして事実を並べても、ショパンの心根に触れることなどできない。サリエリ事件までの自分は、傲慢にもできると思っていた。

弾いて弾いて、考えて考えて、想って想って、想い続けていれば、いつかピアノの向こうにショパンが現れる日が来ると。慧也のピアノを聴いて、二百年後の地球の裏側にこんなピアニストがいるのだと満足げに頷くショパンが見られるものと想っていた。

何もわかりはしない。

同じ年に生まれて、同じ教室で高校三年間を過ごしたクラスメイトのことすら理解できないのだから。理解できると思うことが愚かで傲慢で身勝手なのだから。

第二主題、賛美歌のように和音が響いた瞬間、誰かに肩を叩かれた感覚がした。ピアノの向こう側ではなく、慧也の中から這い上がってきた感覚だった。サリエリ事件が「忘れるな」とばかりに慧也の肩を叩く。「思い出してよ」と雪川織彦が手を振っている。

無視をした。ごめんな、と叫びながら、雪川織彦と恵利原柊に背を向けることにした。比べるのすらおこがましく罪深い気がしたが、音楽のためにポーランドを出てウィーンやパリへ向かった彼の気持ちは、少しわかる。わかるように思える。

わかっていいのか、果たしてこれはわかったといえるのか。でも、〈わかる〉と思えてしまう。

夢現に膨張した思考が、ポーンと響き渡ったAの音に撫でられて萎む。頭が冷えて冷静になる。再び第一主題が再現される。夢から覚めて現実に返る。けれど徐々に旋律は煌びやかさを増していく。どれだけ逃れたくても、別の世界を渇望しても、人が生きるべき世界はすでに決まっていて……でもそこは美しいと、二百年前の地球の裏側で誰かが呟いている。

うん、わかったよ。覚悟は決まったんだ。すべて踏み越えて、呑み込んで、俺はパリに行くよ。二百年前の地球の裏側に向かって、慧也は呟いた。

バラードもフィナーレだ。再現部の静かで澄んだ和音から、はち切れんばかりに激しいコーダへと曲は姿を変える。初めて楽譜を見た小学生の慧也が「こんなの弾けない」と泣いたパッセージを、今の自分の指は軽々と飛び越えていく。

熱く滾《たぎ》っていて、邪悪さや恐怖も、悲しみも諦観も内包した旋律は、心地がよかった。自分が短い生涯で為すべきこと、与えられた使命を果たしたのだというショパンの達成感が指先でチリリと焼け焦げた。

駆け抜けていく。このままサリエリ事件を振り切り、パリへ駆けていく。その先まで駆け抜けていく。最後に用意された四つの和音を、慧也は殴りつけるように奏でた。何かを為そうとする人間への、ショパンからの贈り物のような和音だった。

モーニングホールの三角天井に自分のピアノの残響が消えた瞬間、慧也は両の拳を握り締めて目を閉じた。そうしていないとまたピアノに触れてしまう。またショパンを探してしまう。深呼吸をする。目眩がした。徐々に呼吸が深くなり、やっと椅子から立ち上がることができた。

客席に一礼する。視界はぼんやりとしていたが、拍手は鮮明に聞こえた。

ステージを捌けると、袖で次の演奏者がスタンバイしていた。短く言葉を交わし、控え室に戻った。一歩一歩が自然と鋭くなり、控え室のドアを開けたときには呼吸まで浅くなっていた。

ジャケットを脱ぎ捨て、シャツの襟元を緩めて、ソファに寝転んだ。こんな高揚感は久しぶりだ。大学四年間、得たくても得られなかった昴ぶりだった。

誰か俺の胸に生卵を落としてみろ。きっと目玉焼きが焼けるぞ。そんなことを考えて、一人で声を上げて笑った。キスしてきた希子の気持ちがよくわかった。

着替えを済ませて関係者通用口からホールへ向かうと、ちょうど休憩時間を迎えたようだった。客席からぞろぞろと人が出てきて、顔見知りの学生から労いの言葉が飛んでくる。

希子はすぐに見つかった。ロビーの窓から、外で大きく伸びをする彼女の後ろ姿が見えた。

「お疲れ」

慧也が声をかけるより早く、希子が振り返る。外は寒かった。足下で何枚か桜の花びらが風に舞い、足首がしんと冷える。

「終わった終わった、これで晴れて大学卒業。パリに行けるね」

ま、私は留学中だから、正式には卒業じゃないけど。ふふっと笑った希子に、慧也は何も言わなかった。

「俺の演奏、どうだった」

「よかったんじゃない？　桃園のショパンだなあ、って感じだった」

そうか、そりゃあ、よかった。安堵の声は擦れ、言葉にならなかった。精根尽き果てるとはまさにこのことだ。

「美味しい牛肉のタルタルが食べられるビストロがあるの」

「……え？」

「パリのね、私が住んでるアパルトマンの近く。桃園がパリに来たら、そこで歓迎会してあげるよ」

ジャケットのポケットからスマホを引っ張り出した希子が、「いつ来るの？」と聞いてくる。日時と、ついでに引っ越し先の住所を教えると、彼女はそれをしっかりと記録した。

そんな彼女の横顔の向こうに見えた黒い影に、思わず頭を抱えてしまう。

「本番お疲れさまでした」

相変わらず真っ黒な装いの石神は、前回よりも二割増しで青白い顔をしていた。希子が「うわ、またあんたか」とはっきり声に出して言うのを、慧也も止めなかった。

「聴きに来てくださってたんですか」

取材を受けたとき、別れ際に石神がピアノをやっていたと話したのを思い出す。

「お二人のショパン、とてもよかったです。私なんかが善し悪しを測るのがおこがましいほどに」

褒めてはいるのだろうが、全くもって褒められている気がしないのだからすごい。希子はむしろ不快そうに鼻の上に皺を寄せた。

「取材ですか?」

慧也の問いに、石神は静かに首を横に振った。背負っていたリュックサックから、薄い茶封筒を取り出し、慧也に手渡してくる。

「本日発売の、週刊現実です」

そういえば、取材の内容が掲載される号は卒業演奏会の日に発売だと、石神自身が言っていた。茶封筒から中身を出して、表紙を確認する。大きく載っているのは、アイドルの不倫スキャンダルと、文科大臣の不祥事だ。

「……は?」

表紙の端に小さく書かれた見出しに、堪らず声を上げた。隣で希子が全く同じようにする。

〈明かされる惨劇の真相　音大附属校同級生殺人事件から四年――加害者の手記全文公開〉

確かに、そう書いてあった。

「何ですか、これ」

石神を見る。彼の表情は相変わらずだった。慧也を見ているのに何も見ていない。目は空虚な穴ぼこで、長時間目を合わせているとこちらまでその目に侵食される気がしてくる。

「加害者の手記って、恵利原が書いたってことですか？」

「直筆の手紙を私が受け取って、私が文字起こししたので、間違いありません」

目次を確認し、該当ページを探す。アイドルの不倫と政治家の汚職にページは割かれ、サリエリ事件は雑誌の後ろの方に追いやられていた。

それでも、あった。

朝里学園大学の正門のモノクロ写真に、サリエリ事件の概要。そして、びっしりと綴られた手記――恵利原柊の言葉がある。

考えても考えても、想っても想っても届かないから、呑み込んで生きていこう。そう決心したばかりの問題の解答が、あっさりとそこに綴られている。

書き出しは、四年前の卒業演奏会のことから始まった。

◇◇◇

四年前、このステージを最後にしようと思いながら僕はベートーヴェンの〈ピアノ・ソナタ第23番『熱情』〉を弾きました。朝里学園大学附属高校の卒業演奏会でのことです。正しくは「最後にしなければならない」でしょう、というのは強がりだったと思います。

初めてピアノを弾いたのが何歳だったのかは覚えていません。家に母のアップライトピアノがあり、僕はそれを玩具にして遊ぶ子供だったそうです。

僕の家は、祖父母の代から続く町の洋食屋で、小さいけれど一応は「老舗」と言われるお店でした。常連客の中にたまたまピアノ教室の先生がいて、五歳の頃にはその教室でピアノを習うようになりました。

ただ楽しく弾ければいいものだったピアノをもっと本格的に勉強したい、上手になりたいと思い始めたのは、小学校四年生、十歳の頃です。三月のよく晴れた日で、ピアノ教室の側の通りは桜が満開でした。

それから、コンクールに出るようになりました。小学校を卒業し、中学生になってからも、毎日ピアノを弾きました。コンクール入賞を目指すようになっても変わらずピアノは楽しいものので、友達が相棒になってくれたような、一緒に戦う同志ができたような、そんな誇らしい気持ちでピアノ教室に通いました。

音楽科のある高校への進学は、両親に反対されました。のちのちわかったことですが、この頃からすでに洋食屋の経営には陰りが見え始め、できることならお金のかかるピアノはそろそろ趣味として割り切ってほしい、と考えていたようです。

中学三年生のとき、両親が「コンクールで全国大会に出られたら音楽科へ進んでいい」と約束してくれて、死に物狂いで全日本学生音楽コンクールに出場しました。全国大会へは行けたけれど入賞はできず、でも両親は朝里学園大学附属高校を受けることを許してくれました。

この頃は、まだそれを許してもらえる状況だったのです。

高校三年間は楽しかったです。楽しかった以外に言い表せる言葉が見つからないくらい、間違いなく楽しかった。

音楽を愛する人に囲まれて音楽の勉強ができる。あの学校に通っていると当たり前すぎて忘れてしまうけれど、そんな素晴らしい環境にいられたこと、音楽と共に生きる未来を語り合える友人がいたことは、僕の人生の最大の幸福でした。

僕が学校で音楽を楽しんでいる間、両親がどれだけ苦労して店を経営していたか、僕のいないところで悩み、口論していたか。僕は気づいていたのに、知らないふりをしていました。僕は僕の楽しい時間を謳歌することに夢中になっていたのです。

大学の学費は払えない。最初にそう言われたのは、高校三年の夏、文化祭が終わった直後でした。

真っ先に考えたのは、奨学金をもらえれば大学に行けるかもしれないということ。僕はとても自分勝手で、両親が僕に「申し訳ない」と頭を下げているのに、自分と音楽のことばかりを考えていたのです。

大学の奨学金制度は成績優秀者じゃないともらえなくて、僕のクラスメイトにはY君というとても優秀なピアニストがいました。でも、もしかしたら僕にもチャンスがあるかもしれない。大学の制度以外にも奨学金をもらう方法はあるだろうし……そんなことを自分で調べているうちに、現実はそう甘くないということを、高校三年生の僕は知ることになります。

僕が無邪気にピアノを楽しんでいた時間は、とてもお金がかかっていました。僕だけではない。同じクラスのあの子も、あの子も、あの子も、お金があるからここにいられる。お金がある人でないと学んではいけないのが音楽なのだと、このとき僕は思い知りました。

かつて通っていたピアノ教室にも、月謝が高いからという理由で辞めていく生徒が何人かいました。そうか、僕もこれからあちら側になるんだ。音楽に振り落とされる側の人間になるんだ。そんなことを思いながら、高校三年の夏休み、秋、冬を僕は過ごしました。

同じクラスのみんなは朝里学園大学へ進学し、当たり前に高校卒業後も音楽を続けるつもりでいて、僕も何食わぬ顔で「僕もそうだよ」と振る舞っていました。自分はとっくに、振り落とされる側だったのに。

その年の終わり、両親は店を閉めました。高校を卒業したら、とりあえず働いてくれと言われました。顔もよく知らない親戚の親戚だというおじさんが経営する工場で働くことになりました。このおじさんに両親はかなりの借金をしていたそうで、まるで身売りみたいだなと僕は当時思っていました。

卒業演奏会の出演者に選ばれたとわかったとき、この舞台で華々しく終わろうと決めました。未練を残してしまうときっと苦しいから、すっぱり、綺麗に、やり切って終わろうと。

そういう気持ちで、あの日、僕はステージで『熱情』を弾きました。

同じ教室にいたのに、自分だけが音楽を離れなければならないことへの憤りと、無邪気に音楽を続けられる人への嫉妬がなかったかと言われると、否定はできません。

けれど確実に言えるのは、それは決して殺意なんてものには結びついていなかった、ということです。なのに、『熱情』を弾いていたら、醜い感情と殺意が磁石のように重なり合っていき、弾き終えた頃には確かに大きな殺意が生まれていました。

ここからの話はきっと、あなたは信じてくれないかもしれないけれど、それでも書こうと思います。

このとき生まれた殺意の対象は、僕自身でした。鍵盤から手を離し、立ち上がり、観客に一礼したとき、僕はこのまま死のうと考えていました。このホールの屋上、もしくは学校の屋上に侵入して、そのまま飛び降りてしまおうと考えていたのです。

ところが、どうしてだか、ステージを降りたら殺意の対象が自分以外に向いていました。

正直、このあたりの記憶は未だに曖昧なのですが、殺意の矢印が自分から自分以外の誰かにじわじわと向かっていったのだけは、よく覚えています。

きっと死ぬのが怖かったんです。死ぬのは怖いくせに、殺意だけは消えずに僕の中で燃え続けてしまったのです。

控え室に戻ると、鞄の中に学校で使っているペンケースが入っていました。その中に、文化祭で小道具を作るのに使ったカッターナイフがありました。

普段の授業ではカッターなんて使わないのに、文化祭が楽しかったから、僕はこのカッターナイフをペンケースに入れっぱなしにしていました。そのことを今、とても後悔しています。

あっさり手の届く場所にあんなものがあったから。だから僕は、カッターナイフを手にY君の控え室に行ってしまいました。もう、ステージ裏にはY君とKさんしか残っていなかったから。殺すとしたらこの二人しかいないと、そう考えました。

ドアをノックすると、Y君はにこやかに僕を迎えてくれました。自分はこれから本番なのに、図々しく控え室にやって来た僕に「お疲れさま」と声をかけてくれました。こういうところがY君の優しいところで、人として優れたところで、とても羨ましいと思いました。こんなふうに余裕たっぷりに音楽を楽しめる彼の人生が、とても羨ましくなったのです。

ソファに腰掛けたY君は「それで、何か用でもあったの?」と僕を振り返りました。その首を、僕はカッターナイフで躊躇いなく斬りつけました。

彼は驚いた顔をして、首から血を噴き出して、ソファに倒れ込みました。Y君は驚いていました。自分の身に何が起こったかわからない。そんな顔で、彼は倒れました。そのときのY君のことを、未だに鮮明に覚えています。

そうだ、みんなで死んじゃおう。血まみれのクラスメイトを見て、恐らく僕はそんなことを考えたのだと思います。動かなくなったY君を見捨てて、控え室を出ました。

ちょうどKさんが控え室から出てきたところで、僕は真っ直ぐ彼女に斬りかかりました。頭の中でずっと、みんなで死んじゃえばいいという自分の声が鳴り響いていました。

みんな死んじゃえ。お前も死んじゃえ。みんなみんな死んでしまえ。僕から音楽を奪うこんな世界は終わってしまえばいいと、そんな身勝手な感情のまま、カッターを振り回しました。

僕はあの日、楽しかった高校三年間をすべて連れて、自殺をしたかったのだと思います。卑怯者だから、自分だけがこうして今も生きているのです。

Y君、本当にごめんなさい。君の『ラ・チ・ダレム変奏曲』を聴きたかった。君の弾くショパン、リスト、ベートーヴェン、ストラヴィンスキーにラフマニノフ、全部好きだった。事件直後、警察に「Y君がいなければ自分が奨学金をもらえると思ったから殺した」なんて話をしてしまったけれど、今振り返ってみると、本当はそんな理由じゃないとはっきりわかります。もっともっと身勝手で最低な理由で、僕は君を殺しました。音楽の世界から一人で去るのが寂しくて心細くて悔しかったから、君を殺した。ごめんなさい。

Kさん、大怪我をさせてしまってごめんなさい。Kさんが今もピアノを弾いていると聞きました。僕なんかに応援されたくないと思うけれど、それでも、頑張ってください。Kさんならきっと、パリでもウィーンでもモスクワでも、どこへでも行けると信じています。Kさんのピアノはいつも自信に満ちあふれていて、凛としていて、羨ましかった。僕もあんな強さがほしいと、いつも思っていました。本当にごめんなさい。

Fさん、いろいろと気にかけてくれてありがとう。

Hさん、卒業演奏会の直前に迷惑をかけてしまってごめんなさい。あのときのことは事件とは関係ありません。どうか気に病まないでください。

◇　◇　◇

謝罪の言葉を幾重も重ねながら、恵利原柊の手記は終わった。雑誌を握り締める手にいつの間にか力がこもっていたようで、ページの端がゆがみ、手汗で湿っていた。

サリエリ事件の特集には、恵利原の手記しか載っていなかった。慧也や希子、ツバメや杏奈、他のクラスメイト達のインタビューなど、一文字もない。

慧也はゆっくりと顔を上げた。変わらず無表情なままの石神を、睨みつけた。

「あんた、最初からこれを載せるつもりで俺達を取材したのか？　この手記に書いてあることがどこまで本当か確かめるために、俺達に話を聞いて回ってたのかよ」

いじめはなかったのか？　石神は自分達にしつこくそう聞いてきた。手記にはそんなこと一言も書いてない。かつて週刊現実が「サリエリ事件はいじめ被害者による加害者への報復」なんて報道をしたから、自分達の記事が真っ赤な嘘だったことを認めるわけにはいかなかったというのか。

いじめがあったという証拠を、この男は必死に探していたのだろうか。

「そうですね。最初から、あなた方の言葉を記事にするつもりはありませんでした」

「じゃあなんで今更こんなもの持ってきたんだよ」

石神の胸に、週刊現実を突きつける。黒ずんだ目で、石神は慧也を見下ろした。

「あなたは、知りたいのだろうと思ったので」

石神の言う〈あなた〉という言葉が、恵利原の手記に書かれていた「あなたは信じてくれないかもしれないけれど」という一文を思い起こさせ、慧也の胸を切りつけてくる。

確かにそうだった。知りたいと思っていた。どうして雪川織彦は殺されたのか、恵利原柊は彼を殺したのか、どうして俺達はサリエリ事件の関係者になったのか。

わからないから知りたかった。でも、知る方法がない。だから考えた。考えても考えてもわからなかった。

だから――。

「こっちは、わからないなりにケリをつけようと思ってたんだよ。そのための今日の卒業演奏会だったんだよ。いきなり手記なんて持ってこられて、しかも、こんな」

俺達は、自殺したいほどに苦しんだクラスメイトのことを何一つ気づいてなかった。恵まれた環境でのほほんと音楽を楽しみ、苦しむ平民を無視する貴族かのように振る舞っていた。そのことへの当てつけみたいにサリエリ事件は起こった――そう突きつけられた気分だ。

結局、恵利原の言葉をもってしてもあの日の彼の心のすべてを見透かすことはできず、腑に落ちない部分ばかりが際立ってしまう。みんなと一緒に死にたかったなんて、そんな理由で納得できるか。納得させられて堪るか。

これなら、「雪川がいなければ奨学金がもらえたのに」が動機であってほしかった。わかりやすく愚かで、身勝手で、こちらは加害者を楽に軽蔑して、楽に憤ることができた。

――ここからの話はきっと、あなたは信じてくれないかもしれないけれど。

恵利原の言う〈あなた〉は、一体誰を指していたのだろう。

「俺達は確かに〈知りたい〉と思ってたけど、結局それは、自分が楽になるための〈知りたい〉なんだよ。好き好んで苦しむために〈知りたい〉なんて思うやつ、いるわけねえだろ」

最低な物言いをしているとわかっていた。でも石神の表情は揺らがない。怒りもしない。軽蔑もしてこない。

「自分勝手で悪いかよ。事件の関係者なんて大概こんなもんだろ。普通に生きてたらポンと殺人事件の関係者にされて、どうして寛大な心で事件について考え続けなきゃいけないんだ」

名前を呼ばれた。希子が肩を叩いてくる。そこで初めて、壊れた蛇口みたいに右目からだらだらと涙が流れていることに気づいた。不自然なくらい、右目からだけ。

掌で頰を拭った。確かに濡れていた。本番の後はこうだから参る。情緒が不安定になって、自分の感情のコントロールが利かない瞬間がある。

恵利原も、そうだったというのか。だから……みんなと死にたかったなんて、そんな馬鹿みたいなことを考えたというのか。

「恵利原君にお礼を言っておいてください」

一歩前に進み出た希子が、週刊現実を石神の胸に叩きつける。慧也とは違い、はっきりと石神に週刊誌を突き返した。

「腕の傷が、動機不明の気持ち悪い傷から、身勝手につけられた忌々しいものに変わりました」

先ほどまでステージの上で着ていたドレスのような、真っ赤な怒りを彼女がまとっているのが見えた。煮えくり返って、今にも爆発しそうな熱の塊を抱えながら、彼女はとても凪いだ表情をしていた。

「心置きなく、傷跡を恨んで生きていけます」

行こう、と希子に腕を引かれた。引き摺られるようにして、慧也は彼女とホールに戻った。石神は銅像のようにその場にたたずんだままだった。緩やかな風が吹いて、彼のこめかみのあたりで桜の花びらが舞った。できることなら、二度と会わずに済みますように、そう願わずにはいられなかった。

「そんなもの、もう捨てなよ」

慧也の手から週刊現実を奪って、希子はそれをエントランスのゴミ箱に突っ込んだ。アルミ製のゴミ箱の中で、どこん！　と響いた音は、人間の悲鳴のようにも聞こえた。すでに休憩時間は終わり、エントランスにもロビーにも誰一人いないから、音は余計に鋭く冷たかった。

「加賀美」

希子の背中がステージに向かうときより小さく見えた。長い髪が肩口からさらりと背中に落ちて、それを掬い上げたい衝動に駆られる。

「加賀美は恨んでていいと思う」

「当たり前でしょ。今さっきそう言ったじゃん」

うん、うん、それでいいよ。何度も頷いた。

「そういう加賀美と一緒に、パリに行くよ」

告げた瞬間、時間が止まったような錯覚がした。ぴくりとも動かない希子に手を伸ばしたとき、彼女の背中が小刻みに震えた。

伸ばした手を力なく下ろしたら、彼女の方が慧也に抱きついてきた。やっと、彼女を抱きしめることができた。

慧也の肩に目元を押しつけ、手負いの獣のような声で彼女は泣いた。どうするべきか迷った末、希子の頭を撫でた。泣き声が収まるまで、たどたどしくそれを繰り返した。

「あんた、人を慰めるのが下手だね」

大きく鼻を啜った希子が顔を上げる。濡れた目元は、アイメイクが全く落ちていなかった。そういうところが、加賀美希子だなと思った。

「悪かったよ」

彼女の後頭部にやっていた手を、静かに頬に持っていった。相変わらず真っ赤なリップが塗られた唇に、静かに自分の口を重ねた。意外にも嫌がられなかった。

◆羽生ツバメ

読み終えた瞬間、いても立ってもいられなくなった。

週刊誌を握り締めたまま控え室を行ったり来たりして、躓いて、テーブルに飾られた大きな花瓶を倒しそうになる。石膏像のような重厚な質感で、慌てて押さえたら掌にずしりと重かった。ダリアやカーネーションと一緒に生けられていたミモザの花が、ぽとんとテーブルに落ちてしまう。

廊下に出た。スタッフに何事かと声をかけられたが、はぐらかしながら廊下をうろうろとさまよった。

今日のために新調したドレスは、ロシアの空をイメージしたスカイグレーだった。着慣れたオフショルダータイプのドレスにしたのだが、青みがかった灰色の袖が歩くたびに上下にふわりふわりと揺れる。

――Hさん、卒業演奏会の直前に迷惑をかけてしまってごめんなさい。あのときのことは事件とは関係ありません。どうか気に病まないでください。

手記の最後に書かれた自分への謝罪が、頭を離れない。サリエリ事件が、恵利原柊による自殺願望の延長線だったこと。四年分の自問自答に次々と採点がされていく。

ツバメが恵利原柊の告白を断ったことは、事件とは関係ない。どうか気に病まないで。加害者である彼からの言葉に、笑ってしまうくらい救われている自分がいる。

私に振られて自暴自棄になったわけではない。私のせいではない。その事実に、胸が軽い。これが彼の気遣いだったとしても、本当は違ったのだとしても、それでも救われている。

立ち止まると涙が溢れてしまいそうで、ツバメはただひたすら、廊下を行ったり来たりし続けた。

「ツバメ、何してるの？」

無事出番を終えたらしい藤戸杏奈がステージから捌けてきた。サテン地のブルーのドレスは色鮮やかで、彼女の歩調に合わせてつやつやと光った。

「それ、まさか」

杏奈の目が、ツバメが抱えた週刊現実に移る。

「今日発売のやつです。今朝、コンビニで買ってきて」

「私達が取材受けたときの、だよね？　本番前によくそんなもの読めるね」

「でも、私達のインタビューも、慧也君や加賀美さんのインタビューも載ってませんでした」

どういうこと？　と首を傾げた杏奈に、彼の名を告げる。

「恵利原君の手記が、載ってました」

瞬きを三度して、杏奈が目を瞠る。開きかけた口が、そのまま力なく閉じられていく。

「杏奈のことも書いてありました。もちろん名前は伏せてあったんで、安心してください」

読みますか？　と週刊現実を差し出す。杏奈はすぐには答えなかったが、ゆっくりゆっくり時間をかけて、大きく頷いた。

「一人で読んだ方がいいと思います」

そう告げると、杏奈は何も言わず週刊現実を受け取った。表紙に小さく書かれたサリエリ事件の見出しを、洞窟の奥を覗き込むような顔で見つめる。

「サリエリ事件から離れたくて、四年間足掻いてたんです」

動き回ることでしか発散できなかった感情を、やっと言葉にできた。

「でも、恵利原君の手記を読んでわかりました。どれだけ離れようと思っても、私達は恵利原君からも雪川君からも離れられないですよ」

杏奈の視線が自分に向けられる。ついこの間、今日の卒業演奏会で区切りをつけるべきだと、この口で言ったのに。ツバメだってそう思う。

「だってクラスメイトだったんです。クラスメイトがクラスメイトを殺しちゃったんです。どんな理由だったとしても、理由なんてなかったとしても、離れちゃいけないような気がするんです」

諦めるのとは、ちょっと違う。加賀美希子の腕に傷が残ったように、そこにあるものとして一緒に生きていく。どんな感情を向けるにしても、一緒にい続ける。それが一番いい形なのかもしれない。

「とりあえず、読んでみるよ」

週刊現実を手に、杏奈は自分の控え室に入った。ツバメも自分の控え室で出番を待った。花瓶に生けられた花を眺め、水を飲み、指を軽くストレッチして、待った。

スタッフがドアをノックするまでが、異様に早く感じた。控え室を出て、自分が酷く冷静でいることに驚いた。あんなに忙しなかった胸の鼓動は、すっかりいつも通りになっている。

ステージ袖に移動しても、自分の名前と曲名がアナウンスされても、まばゆい照明を受けながらピアノの前に立っても、観客からの拍手を受けても、心臓は強ばらなかった。

私は、サリエリ事件を呑み込めたんだろうか。黒光りするグランドピアノを見つめて、そんなことを考えた。

鍵盤に触れた瞬間、脳裏に雪川織彦の横顔が浮かぶ。ピアノに向かう彼の横顔。ピアノを通して物語を編もうとする彼に、ツバメは「いいよ、おいで」と手招きした。

ラフマニノフの『楽興の時』——第一番変ロ短調はアンダンティーノから始まる。緩やかに、どこか空虚に、自分の中にある感情を一つ一つ拾い集めて、紐解いていくみたいに。終わりがあるのか、答えがあるのかもわからない。長くて不確かな揺らぎの中に、かすかに希望の光が見える。

でも、第二番変ホ短調でそれは一転する。巨大な不安が空から降ってきて、こちらを押し潰そうとする。静かで冷たい雨が降り、濡れそぼって途方に暮れる。鍵盤に触れるたび、こちらが曲の深淵に引きずり込まれる。でも、やっぱり雨は弱まって、雲の隙間から薄く空が覗く。ちゃんと覗く。

『楽興の時』は常に悲しみと寂寥《せきりょう》を歌う。第三番ロ短調はまさに葬送行進曲だった。なら、見送る相手は彼しかいない。私はこの曲を弾くたび、雪川織彦を送ろう。何年後も何十年後も、何度だって送ろう。送って、それでも彼のピアノを側に置こう。

これは自分のピアノなのか、雪川織彦のピアノなのか。そんなことは最早どうでもよかった。彼はもうピアノを弾くことができない。だから、人類で一人くらい、彼のピアノを抱えて生きていくピアニストがいてもいいはずだ。でないと彼は本当にサリエリ事件の被害者Aになってしまう。

雪川織彦には、もっともっと相応しい称号がたくさんある。生きて手に入れてほしかったものが、たくさんある。

第四番ホ短調で、曲は姿を変える。悲しみを振り切ろうとするのか、より深いところへ飛び込もうとしたのか、この物語の主人公は走り出すのだ。

鍵盤を叩く指先に熱が走る。不思議な不思議な、冷たい熱だ。人間の涙みたいな温度をした熱だ。

ずっと見えていた淡い光が、第五番変ニ長調でついに降り注ぐ。優しく甘美に、雨に濡れた主人公を照らす。ぬかるんだ土を踏みしめて歩くように、緩やかなアダージョ・ソステヌートのテンポにツバメは自分を委ねた。

ラフマニノフが聞いたという、モスクワやノヴゴロドの聖堂の鐘の音が聞こえる。重く悲しく、でも力強く、ロシアの冷たい空気に染み込むように鳴る。『楽興の時』にちりばめられた重厚な和音は、まさに鐘の音だった。冠婚葬祭、さまざまな祈りが滲む、教会の鐘。

ああ、もうすぐ終わる。第六番ハ長調に差し掛かった瞬間、恵利原柊の目を思い出した。吊り上がって鋭利な雰囲気の左目と、光をよく吸収する真ん丸な右目。

――ここからの話はきっと、あなたは信じてくれないかもしれないけれど。

恵利原柊は、手記の中でそう書いていた。〈あなた〉はきっと、手記を読むサリエリ事件の関係者、全員に宛てた言葉だったのだろう。

大丈夫、私はあなたも連れて行く。クライマックスの壮大なカノンを自分の胸に叩きつけながら、ツバメは呟いた。あなたがどれほど「気に病まないで」と言っても、私は「もしかしたら」と一生思う。この先、ピアニストとして何を手に入れても、どんな私になっても、思う。でも。

私は大勢の〈あなた〉の中の一人だから、私はあなたの言葉を信じてみるよ。

祖国ロシアに帰りたいと願ったラフマニノフ。死後すらそれが叶わなかった彼の『楽興の時』の終わりは、雄大で、推進力にあふれていた。悲しみや寂寥は、こんなにも美しく力強いものになる。なることができる。

なら一緒にロシアに行きましょう。四年前に確かにこの場にいた二人のクラスメイトに手を伸ばしながら、ツバメはピアノからそっと指を離した。

三十分近い演奏だったのに、客席からの視線は熱っぽかった。誰一人集中力を切らさず、ツバメのラフマニノフを聴き届けてくれた。それだけで充分だった。

拍手に応え、客席に一礼する。袖に捌けると、スタッフや職員がこちらも拍手で出迎えてくれた。「ありがとうございます」という声は言葉にならなかった。

控え室に戻ると、ソファに杏奈が座っていた。

「お疲れ」

そう言って立ち上がった彼女は、先ほどツバメが渡した週刊現実を返してくる。

「ありがとう。読んだよ」

杏奈はドレスを着たままだった。肩で息をするツバメに、もう一度「お疲れさま」と笑いかけてくる。

「やりきれた？」

「……そうですね。気持ちよくロシアに行けるなって、そう思うくらいには」

頬が紅潮して、息が深く吸えない。鏡台の前に腰掛けて、ツバメは大きく深呼吸した。

壁一面の大きな鏡の中で、汗を掻いた自分は微笑んでいた。演奏中にサリエリ事件が降ってきたのに、ちゃんと笑顔でそこにいた。

堪えていた涙が頬を伝ってしまって、慌ててティッシュで顔を拭いた。メイクが落ちてしまったが、構わず出せるだけの涙を出した。

「恵利原君の手記に書いてあった〈Hさん〉って、ツバメのことだよね？」

迷惑をかけてしまってごめんなさいって、どういうこと？

杏奈がそう聞いてくる。鼻をかみながら鏡越しに彼女を見上げて、ツバメは思い切って告げた。

「四年前、卒業演奏会の直前に、恵利原君に告白されたんです。好きだ、って。もっと一緒にいたい、って。それで、断ったんです。それがずっと胸に刺さったままで」

「告白？」

杏奈もまた、鏡越しにツバメを見て目を丸くした。「はい、告白です」と頷きながら、ツバメはもう一度鼻をかんだ。涙はやっと止まった。

「杏奈は奨学金のことを気に病んでましたけど、そんなレベルの話じゃなくて……私は間違いなく、恵利原君を止められたのに、って。私が恵利原君の告白をＯＫして、お試しでもいいから付き合っていたらあんなこと起こらなかったかもしれないとか、断るにしてももっと別の言い方をしていたらよかったのかもしれないとか、ずっとそんなことを考えてたんです」

恵利原柊は、ツバメがそう思っていると気づいているのだろうか、だからわざわざ手記の最後で謝罪してきたのだろうか。

だとしたら、やっぱり、私は彼を振り払えない。

「だから、苦しかろうと辛かろうと、忘れちゃ駄目だと思ったんです。今日のラフマニノフで、つくづくそう思いました。私は、恵利原君と雪川君を連れて、ロシアに行こうと思います」

顔を上げた瞬間、自分に影が差したのがわかった。

鏡の中で、鮮やかなブルーのドレスが翻った。

「……杏奈？」

本番前にツバメが倒しそうになった大きな花瓶を、杏奈が高く振り上げていた。

ダリアやカーネーションを引き立てるように添えられた色鮮やかなミモザの花が、雪が舞うように散った。

〈女子大生死亡　同級生を殺人容疑で逮捕〉

二十日午後一時頃、東京都武蔵野市の朝里学園大学から「女子学生が殴られ怪我をした」と警察に通報がありました。

警察によると、この日学内で卒業演奏会に参加していた音楽学部四年の羽生ツバメさん（二十二）が鈍器のようなもので殴られ、病院に搬送されましたが死亡しました。

警察はその場にいた同学部四年の藤戸杏奈容疑者（二十二）を殺人未遂の容疑で逮捕し、今後は容疑を殺人に切り替え、捜査を進める方針です。

羽生さんと藤戸容疑者は高校時代からのクラスメイトで、逮捕された藤戸容疑者は調べに対し、「私がやりました。間違いありません」と容疑を認めているということです。

――ウェブ毎朝

第六章　サリエリの手紙

◆石神幹生

「凪村《なぎむら》、机の下でピアノ弾くな」

ぼんやりと窓の外を眺めていた凪村幹生は、ゆっくり瞬きをして教室の前方へ視線を移した。黒板の前で、数学教師は作図用の巨大なコンパスを抱えたまま呆れ顔で肩を落とした。

クラスメイト達が吐息をこぼすみたいに笑って、自分がピアノを弾いていたと気づいた。机の下、指先で太腿を叩いて弾いていたのは、メンデルスゾーンの〈無言歌集〉の一つ、『春の歌』だった。

『春の歌』は楽譜の冒頭に「春の歌のように」という指示書きがあって、細かな装飾音符を丁寧に、優しく弾いてやらなければならない。上手いこと弾けると、楽譜の上を春の風が吹く。

窓の外では桜が咲いていた。『春の歌』が吹かせるような、芳しく眩しい春の風景だった。

「今は数学の時間だ、数学。高校受験まで一年切ってるんだから、切り替えろ」

ひとまず謝ろうと口を開きかけた幹生をよそに、数学教師は授業を再開した。

どうしてこの人は、自分がこっそりピアノを弾いているのをいつも見破るのだろう。幹生は無言で首を傾げた。指は無意識に『春の歌』の続きを弾く。制服のスラックス越しに太腿に響く振動は、幹生の脳内で鮮明な春の旋律に変わる。

ピアノはいい。どこでだって弾けるから。こうやって指を動かせば、頭の中で音が鳴る。

両親が買い与えたアップライトピアノにすぐ飽きた姉に代わり、白と黒の鍵盤に手を伸ばしたのが三歳のとき。それから十年以上がたって、ピアノがなくてもピアノの音は幹生に根を張っている。

数学の時間が終わっても、次の授業が始まっても、幹生はピアノを弾き続けた。今日はそういう気分だった。

放課後は部活へ向かう友人を見送って、幹生は一人学校を出る。その足でピアノ教室へ向かう。

五歳からかれこれ十年近く通っている桜井《さくらい》ピアノ教室は、中学校と駅のちょうど中間、桜並木のある通りを抜けた先にあった。庭付き一軒家の門扉に手作りの看板が出ていて、見るからに穏やかなおばあちゃんが営んでいそうな「街のピアノ教室」なのだが、桜井先生自身は元ピアニストで、元音大教授だった。多くの教え子を海外へ送り出した人だった。

自分の家と同じくらい慣れ親しんだピアノ教室のドアを開けると、とろとろと柔らかなピアノの音が聞こえた。幹生の前のコマでレッスンを受けている子の音だった。

下駄箱にある靴は小さかった。デザインからして男の子だろう。待合スペースに置かれたレッスン表には「恵利原くん」と書いてあった。初めて聞く名前だ。

彼が弾いているのはショパンの〈ワルツ第6番変ニ長調〉——通称『子犬のワルツ』だった。カラッと晴れた青空を思わせる、飛びきり明るいワルツ。待合スペースのソファに腰掛け、幹生は軽やかな旋律に耳を澄ました。

リズムがいい。踊るように楽しげで、聴いていると土踏まずが疼いてくる。奏者の手はきっとまだ小さいだろうに、それをものともせずに指は鍵盤の上を走る。『子犬のワルツ』は、ショパンが長年連れ添った恋人の飼っている子犬を見て作った曲だ。自分の尻尾を追いかけてくるくると回る子犬の姿が、自然と浮かぶ。

恵利原の『子犬のワルツ』はテクニックに走るだけでなく、音の一つ一つが表情豊かだった。均整の取れた美しいスケールと、ショパンらしい甘美なメロディが、本当に楽しげに奏でられていく。

そういえば、自分が最初に弾いたショパンも『子犬のワルツ』だった。幹生はもう一度レッスン表を見た。恵利原とは一体どんな子なのか。レッスン室のドアを開けて確かめたい衝動に駆られた。

ドアの向こうから桜井先生の笑い声と、かすかに少年の声がした。

直後、ドアが開く。現れたのは、幹生が想像した通り小学生の男の子だった。一緒に出てきた桜井先生が「ごめんね、待った？」と幹生に笑いかける。

「いいえ、ちょっと早く着いたんで」

言いながら、幹生の視線はオムライスの絵がプリントされたレッスンバッグを手にした彼に向いていた。人懐こそうな顔をしていると、まず思った。それにやや遅れて、不思議な鋭さが垣間見える。制服姿のこちらに気圧されたのか、彼は少しだけ表情を強ばらせ、会釈してきた。

「シュウ君、また来週ね」

そう言って彼を送り出した桜井先生に、幹生は思わず「上手いですね」と言った。レッスン室のピアノの蓋を開けると、まだ『子犬のワルツ』の残響というか、香りが鍵盤に残っていた。ほのかに紫がかった白髪を揺らし、桜井先生は「でしょう?」と笑う。

「去年まで、知り合いのピアノ教室に通ってたんだけどね。『この子は上手いから、桜井先生のところでレッスンを受けた方がいい』って、今月からうちに来ることになったの」

言葉にこそしなかったが、先生の淡くピンクがかった頬から、あの子は伸びる、大物になる、という声が聞こえた。

「シュウ君っていうんですか?」

「そう、柊《ひいらぎ》って書いてシュウ君。恵利原柊君、小学四年生」

さあ、始めましょうか。桜井先生が側の椅子に腰掛けるのを待って、幹生はゆっくり指をストレッチした。レッスン室の空気がかすかにピリつく。小学生の頃——それこそ恵利原柊くらいの歳の頃、これを怖いと思うことがときどきあった。練習不足のままレッスン日を迎えてしまったときは、特に。

桜井先生は優しい人ではあるが、楽をさせてくれる指導者ではなかった。放つ言葉の一つ一つは穏やかでも、どれもが的確で、痛いところを突いてきて、こちらに逃げや甘えや怠慢を許さない。十年近く通っていたら、それもすっかり日常になってしまった。

「今日、学校で先生に怒られたんですよ」

鍵盤に触れて、ふと思い出す。「あら、どうして?」と首を傾げた先生に、幹生は小さく肩を揺らした。

「机の下でこっそりピアノを弾いてたら、ばれました」

まあまあ、と先生は笑い、幹生を叱ることはなかった。幹生はそのまま課題として与えられていたベートーヴェンの〈ピアノ・ソナタ第8番『悲愴』〉の第二楽章を弾いた。

楽譜に書かれたアダージョ・カンタービレに従い、緩やかに歌うように、音を喉元で味わうように。悲しみと寂しさと慈愛。温度感の異なる三つの感情を一つの音に込める。『子犬のワルツ』とは似ても似つかない曲調に、鍵盤に残っていた恵利原柊の体温はいつの間にか消えた。『悲愴』を作曲した頃、ベートーヴェンの耳には異常が出始めていた。だから、悲しみの中に寂寥がある。慈愛がある。何かを失いながらそれでも生きていく人間の姿を描いているから、『悲愴』は決して悲しみだけの音楽にならない。

演奏中、桜井先生が満足げに頷くのがわかった。一時間のレッスンはあっという間で、幹生が最後なのをいいことに、先生は十五分ほど延長して受験の相談にものってくれた。

「ナギ君なら、朝里学園の附属は心配ないから大丈夫よ」

かつて自分が教鞭を執っていた大学の附属校を幹生が第一志望にしたのを、先生は喜んだ。不思議なもので、幹生自身も「受かるだろう」と思っていた。自分を過信しているわけではない。でも、自分のピアノを信頼はしているから。

来週までの課題を話し合ってレッスン室を出て、待合スペースに恵利原柊がいることに二人揃って驚いた。

「柊君、どうしたの?」

忘れ物でもした? と問いかける桜井先生に対し首を横に振って、彼は幹生を見た。左目だけが少し吊り目になっている。柔らかさと鋭利さが重なり合って見えるのはこのせいかと合点がいった。

「ナギ君のピアノ、聴きたくて」

首を傾げた幹生に、恵利原柊は側に掲示されたレッスン表を指さす。他の子はきちんと苗字でレッスン時間が書いてあるのに、長く通っている幹生だけが「ナギ」と走り書きされている。

「帰ろうとしたらベートーヴェンが聞こえてきて、ちょっと聴いていきたいなって思って、結局ずっと聴いちゃった」

ふふっと笑った恵利原柊は、波打ち際で綺麗な貝殻でも見つけたような、そんな顔をした。悪い気はしなかった。

時刻は午後六時。ちょうど日の入りの時間を迎えたのか、窓の外は夕闇にほのかなオレンジ色が溶けている。ここから見る見るうちに暗くなるはずだ。

「ナギ君、柊君のこと送っていってあげてくれない? 駅前のキッチン・エリィまででいいから」

「あ、この子、エリィの子なんだ」

駅前通りの路地を一本入ったところに、古い洋食店がある。レンガ造りの外壁に、オリーブ色のドアと窓枠が洒落ていて、夜になると淡い橙色の明かりが店先に灯る。五十年以上あそこで営業しているのだと母から以前聞いた。

「うちのお店、知ってる？」

「うん、何回も行ったことある」

この前は、何を食べたっけ。ビーフシチューにカツレツにハンバーグ、何だって美味しかった記憶があるけれど、確か一番の名物は――。

「あ、だからレッスンバッグがオムライスなんだ」

恵利原柊が抱えたバッグのオムライスを指さすと、彼はどこか誇らしげに頷いてみせた。

「お母さんが作ってくれた」とレッスンバッグを胸に抱く。

幹生の家は駅の向こうだから、遠回りではない。桜井先生に挨拶をして、幹生は恵利原柊を連れてピアノ教室を出た。

「『子犬のワルツ』、よかったよ」

外灯の白い光に照らされて、並木道の桜が銀色に光っている。うねうねと夜風に揺れる枝を見上げて、幹生は言った。

「え、本当？　嬉しいな。ナギ君の『悲愴』も素敵だったよ。自分ばっかりが悲しんでるんじゃなくて、悲しんでる人を後ろから眺めてる曲なんだなと思いながら聴いてた」

五歳も年下の小学生に、演奏に込めた情感を両手で大事に掬い上げられた気がして、足が止まりそうになった。右隣から見る彼の横顔はとても穏やかだった。吊り目の反対側はどうなっているのか、ふと見てみたくなった。

「そう、ありがとう」

キッチン・エリィまで、他愛もない話をした。彼の通う小学校は、幹生が通っていた小学校の隣の学区だった。公立に進むなら、幹生と同じ中学に通うだろう。その頃には幹生は、高校三年生になっている。もう桜井先生のところでレッスンは受けていないかもしれない。

キッチン・エリィの扉を、恵利原柊は自分の家であるかのように開けた。すぐに帰るつもりだったのに、彼の両親は「柊と一緒にオムライス食べていかない？」と幹生を呼び止めた。父親は垂れ目で、母親は吊り目。息子は両親の目を片方ずつ受け継いだのかもしれない。

家で親が夕飯を用意しているからと丁重に断ったら、「じゃあ、プリンだけ」と半ば強引にカウンター席に通された。ピカピカの薄焼き玉子に包まれたオムライスを頬張る恵利原柊の隣で、足つきのステンレスカップに盛りつけられたプリンを食べた。

添えられた生クリームはメニューの写真より多く、サクランボは何故か二つものっていた。

「オムライスは端っこの玉子がくるくるになってるところが好きなんだよね」と隣で笑うこの男の子がどういう家庭で育ったのか、それだけでわかる気がした。

忘れもしない。それが、恵利原柊との出会いだった。

毎週木曜日に柊はピアノ教室でレッスンを受け、幹生のレッスンを待合スペースで聴いて帰るようになった。幹生も、授業が早く終わった日は彼のピアノを聞いた。その日の帰りは、キッチン・エリィまでの道を互いの演奏の感想を話しながら歩いた。

柊の両親がご馳走してくれるプリンは、ときどきチーズケーキになり、幹生の両親の帰りが遅い日はオムライスやビーフシチューになった。

店はいつも賑やかだった。いつだってデミグラスソースと卵の焼ける匂いがした。その片隅で柊とする話は、やはり音楽のことばかりだった。

ショパンはこういう人だった、モーツァルトが生きたのはこういう時代だった、ベートーヴェンはこんな人生だった。だから、あの曲は生まれたのかもしれない。そんな話ばかりした。戯れながら、偉大な作曲家達に歩み寄ろうとした。

向こうが小学生で、こちらは中三だから、知識量でいえば幹生の方が圧倒的に詳しかった。でも、柊にあって自分にないものの輪郭は、蟬の鳴き声が聞こえる頃にははっきり見えていた。

ショパンの『子犬のワルツ』から、『華麗なる大円舞曲』〈ノクターン第2番〉〈スケルツォ第2番〉と、柊は順調に桜井先生の課題をクリアしていった。幹生が教室に通い出した頃も、やはり同じような課題を出された。

柊のピアノには、鼻につくような癖がなかった。ピアノを楽しんで弾いているのに、「楽しみながらこんなレベルの高い演奏ができちゃう僕」としたり顔をするいやらしさがない。とても真摯で、ピアノに親しんできたからこそ、ピアノも彼を裏切らない。ちょっと失敗をしても、ピアノが彼に歩み寄って補ってくれる。

この子は自分より上手いとか、自分より才能があるとか、感性に恵まれているとか、そんなことを考える邪《よこしま》な自分を祓ってくれる。そういう演奏を彼はした。

多くの人は自分の手に届かない輝きを前にして、「あー、はいはい、この子は神様に愛されてるからね」と拗ねるのだろう。幹生だってそうしたくなった。

才能とは努力の成果物だとか、能力が偏ってしまったがために生まれた歪みであるとか、神様に選ばれたとしか言いようのないギフトなのだとか、いい意味でも悪い意味でも耳当たりのいい言説はいくらでも目にした。目にした上で、そんなことはどうでもいいと思った。考えるだけ無意味だと思った。

自分に言い訳するように彼の才能を称える言葉を探そうなんて、ナンセンスだ。意味のないことに脳細胞を使うなら、全身で柊のピアノに浸った方がいい。

聴衆をそんな気分にさせるピアノを、自分にはきっと弾けない。夏の終わりに幹生は思った。少しの嫉妬をした。

嫉妬してもなお、彼のピアノを聴くのが好きだとつくづく思った。蟬の声が聞こえなくなったことにふと気づくように、すーっと自分の中に下りてきた。

桜井先生のもとで、柊のピアノは輝きを増した。力試しに出たコンクールでは全国大会まであっさり進み、入賞した。小学生の幹生が六年がかりでも辿り着けなかった場所だった。

自分の演奏が昇りつめられる場所は、そんなに高くない。今年の蟬が地上での短い生涯を終える頃、幹生は思い知った。

それでも幹生は柊のピアノを聴いたし、柊は幹生のピアノを「聴きたい」と言ってくれた。秋色に焦げ始めた並木道を歩き、キッチン・エリィでオムライスを食べた。並木道を落ち葉が舞い、寒々しい枝葉から白い空を見上げ、十二月には珍しく粉雪が舞った。

東京に降った雪が一晩であっさりと消えてなくなるように、唐突に幹生の父が勤めていた会社が倒産した。唐突だと思ったのは幹生だけで、父も母もすでに覚悟をしていた。両親は離婚するという。幹生は母が引き取るという。幹生はピアノをやめなければならないという。

「どうして」

幹生の問いに、母は「考えてもみなさい」と答えた。父は「お母さんをしっかり支えてやって」と息子の肩を叩いた。高校生の姉は「あんたは自分のことばっかり」と顰めっ面をした。

あと三ヶ月で卒業だから、転校はしないで済んだ。ピアノ教室も三月までは通っていいことになった。朝里学園大学附属高校は受験すらできなかった。幹生の受験先は、強豪でも何でもない吹奏楽部があるだけの都立高校になった。

何かあるに違いないと思った。こんな簡単に道が潰《つい》えるなんておかしい。何か解決策が、抜け道があるに違いない。

でないと、あんまりじゃないか。

桜井先生も知恵を絞ってくれたが、そんな都合のいい幸運が転がっているわけがなかった。先生はいつも通り穏やかな口調で、「ごめんね。結局、先生には何もしてあげられない」と呟いた。語尾が少しだけ上擦っていたのを、幹生はそれから十年たっても覚えていることになる。

柊には黙っておいた。ピアノ教室を楽しみにしている彼をしゅんとさせたくなかったし……何より、あの穏やかな時間を気まずい空気にしたくなかった。

年が明け、卒業式が近づいても、幹生は変わらずピアノ教室に通い、柊と一緒にキッチン・エリィへ行った。オムライスは相変わらず玉子がピカピカで、柊の言う通り、端っこの玉子がくるくるになっている部分が特に美味しかった。

中学の卒業式の日、一年間数学を担当した教師に「これから頑張れよ」と肩を叩かれた。「何をですか?」と問いかけたら、「生きることをだよ」と返された。俺は今、そこまで堕ちているのだろうか。

そんなことを考えながら、最後のピアノ教室に行った。レッスン室からはすでに柊のピアノが聞こえていた。

柊が今月に入ってから弾いているのは、モーツァルトの〈ピアノ・ソナタ第2番へ長調〉だった。今年のコンクールの課題曲を見据えたチョイスなのだろうなと思いながら、幹生は待合スペースのソファに腰掛けた。

レッスン表には恵利原とナギの文字が並んでいる。この一年、ずっとそうだった。

柊のモーツァルトは楽しげだった。いや、幸福感に満ち満ちていた。モーツァルトの才能と魅力がこれでもかと詰め込まれたソナタを彼は実に幸せそうに弾いた。押しつけがましい多幸感ではなく、聴衆の背中を摩るように。楽譜に書かれたアダージョの速度記号の通りに、幹生を慰めてくる。

ふと、モーツァルトと同じ時代を音楽家として生き、モーツァルトの才能に嫉妬して毒殺したのではとまで言われたアントニオ・サリエリのことを考えた。宮廷音楽家として確たる地位にいたサリエリと自分とでは、何もかも違うけれど。サリエリがモーツァルトを毒殺しただなんて、面白おかしいゴシップに過ぎないと、わかっているけれど。

サリエリはどんな気分でモーツァルトのソナタを聴いたのだろうかと、考えた。そこに嫉妬は微塵もなかったのだろうか。彼の生涯に、モーツァルトに嫉妬する瞬間は一片もなかったのだろうか。

自分の体の中が壊れている。そのとき幹生は初めて気づいた。柊のピアノを聴いているのに、幹生の中で渦巻いているのは、確かな憎悪だった。

音楽がどす黒い感情を洗い流してくれない。こんなにも音楽は無力なのか。聴く側の心が閉ざされたら、その扉を開けることすらできない。美しい音楽はただ憎悪を煽るだけのものになる。

レッスン室から桜井先生の「お疲れさま」という声が聞こえた。数秒おいて、ドアノブが動く。駄目だ、開けるな、来るな。幹生が腰を浮かせたところで、無情にもドアは開いた。

俺が一体、どんな悪いことをしたというんだ。ピアノを取り上げられるほどの、音楽を心地よく聴くことすら許されないほどの罪を犯したのか。どうして、嫉妬と惨めさを嚙み締めながら他人のピアノを聴かなければならないのか。

憎悪は、オムライスのレッスンバッグを抱えて現れた柊に向いた。理不尽だと、道理が通らないと、わかっていた。わかっていても止められない。

柊に摑みかかろうとした自分がいた。馬乗りになって、この年下の男の子の首を絞めるか、指を全部折ってやりたい衝動に駆られた。

実行しなかったのは、柊が幹生をじっと見ていたからだ。吊り目の方ではなく、春の日差しをたっぷり吸い込んだ優しい右目の方を、幹生が見てしまったから。

「お待たせ、ナギ君」

柊はそう言ってソファに座った。幹生は入れ替わる形でレッスン室に入った。ピアノを前にして、手にじっとり汗を搔いていることに気づいた。

「最後のレッスンね」

いつも通り側の椅子に腰掛けた桜井先生は、いつも通り微笑んだ。でも、いつも通り「これをやりましょう」と指示を出さなかった。

「最後だし、ナギ君の好きな曲を聴かせてちょうだいよ」

すぐに返事ができなかった。掌を擦り合わせて、汗が乾いたのを確かめて、幹生は頷いた。

「お客さんが一人だけの、リサイタルですね」

「あら、外にもう一人いるじゃない」

ああ、そうだ。そうだった。そう思った途端、何を弾くかは決まった。

一曲目はショパンの『子犬のワルツ』にした。『華麗なる大円舞曲』に〈ノクターン第2番〉に〈スケルツォ第2番〉——この教室でピアノを習いだしてから演奏してきた曲を、一曲一曲、アルバムを見返すように弾いた。

不思議と悲しくはなかった。ドアの向こうで聴いている男の子と張り合いたいわけでもなかった。ただ、俺も君と同じ道を通って来たんだと伝えたかった。同じ道を通って、途中で脱落することになったよ、と。

先生は何も言わず幹生のリサイタルを聴いた。冬の間に短くなっていた陽は、春にかけて少しずつ長くなった。窓から差す夕日には、春が滲んでいる。きっと自分にはもう、春なんて来ないけれど。

最後の一曲は、少し迷った。ベートーヴェンの〈ピアノ・ソナタ第8番『悲愴』〉が咄嗟に思い浮かび、消えた。

去年の春、柊は幹生の『悲愴』を「自分ばっかりが悲しんでるんじゃなくて、悲しんでる人を後ろから眺めてる」と言った。なんて傲慢な演奏だったのかと、今は思う。今の俺の『悲愴』は、自分ばかりが悲しんでいる。世界で一番自分が不幸で、可哀想で、他人など知ったことかと思っていて、自分以外のすべての人を恨む『悲愴』になる。

だから、ベートーヴェンのピアノ・ソナタはピアノ・ソナタでも、別の曲にした。〈ピアノ・ソナタ第23番『熱情』〉の第三楽章を選んだ。

モーツァルトは現代に残ったのに、サリエリはほとんど残らなかった。でも、サリエリは多くの弟子を育てた。ベートーヴェンもその一人。だから、やはりこのリサイタルの〆はベートーヴェンが相応しいのだと思った。

重たく力強い不協和音の連打で、『熱情』の第三楽章は始まる。十六分音符が走り出し、幹生の胸を濁流が呑み込んだ。難聴が悪化し、自殺まで考えたというベートーヴェンはそれでも作曲活動を続け、ある日一台のピアノと出会う。

彼が生きたのは、発展途上だったピアノという楽器に日々改良が加えられていた時代だ。広い音域と重厚な響きが得られる新しいピアノを手に入れたベートーヴェンは、その可能性に挑むかのように『熱情』を作曲した。

次々と繰り出される高音と、めまぐるしい強弱の嵐。ダイナミックな音のうねり。ピアノの進化がベートーヴェンを救ったのが、指先から熱を伴って伝わってくるようだった。

それはどこか、絶望を無理矢理呑み込んで、踏み越えようとしているように思えた。踏み越えられるのかわからないのに、それでも踏み越えるしか選択肢がないと、楽譜の隙間から聞こえてくる。そう呟くのはベートーヴェンなのか、それとも自分なのか。

わからない。だって、『熱情』の旋律は、確かな怒りをまとっている。ピアノという楽器の進化を体感しながら、進化にエネルギーをもらいながら、それでも絶望しているし、憤っている。それが彼の〈熱情〉だったのかもしれない。

怒りを溜め込むような連打の中で、明日からの自分を想った。低い和音が、無理矢理自分を納得させようとする。

そういうものだ。音大の附属校に行ったって、俺の能力ではきっとピアニストにはなれない。大金を払って音楽を続けるより、ここですっぱり終わる方がきっと賢い。無駄な時間と金をかけなくて済む。お前はそういうことを言っていられる状況にない。音楽は、時間と金に余裕があってこそできる贅沢で、お前はもうすぐその両方を失う。

そしてそれは、不幸ではあるけれど、特別な不幸ではない。同じような理由でピアノ教室を辞めていった生徒は大勢いた。多くの人が普通に背負っている不幸の一つが、当たり前に自分にもやってきた。ただ、それだけのこと。

それだけのことと思って、明日から生きていくしかないじゃないか。

終盤にかけ、『熱情』は勢いを増す。のちにベートーヴェンが作曲する〈交響曲第5番『運命』〉に通ずるフレーズが、幹生を押し流す。高音を掻き鳴らし、一気に低音に落ちる。

最後の和音を叩きつけたとき、こめかみのあたりから雫が落ちた。涙か、汗か、考えないことにした。

「ありがとう」

拍手をした桜井先生は、幹生の肩を叩いた。先生までもが「頑張ってね」と言った。「何をですか？」と聞く気力すら湧いてこなかった。

レッスン室のドアを開けるのが怖かった。いつもより重たいドアを肩で押しのけるようにして開けると、思ったよりずっと近くに柊が立っていた。

「すごいよ、ナギ君」

拍手をしながら、彼は何度も「すごい」と言った。

「今まで聴いた中で、一番すごい『熱情』だった」

頬を染めた彼は興奮していた。自分もあんなふうに『熱情』を弾いてみたいと、そう言いたげな目をしていた。桜井先生と柊。二人しか観客のいない小さなリサイタルだったが、これで充分だった。

先生に見送られてピアノ教室を出ると、目の前を桜の花びらが一枚舞った。今年は桜の開花が早い。教室の前の並木道は五分咲きだった。もう陽は落ちてしまったが、よく晴れて澄んだ夜空だった。

「ピアノをやめることになった」

白い花びらが舞う中、柊に告げた。「え?」と彼は立ち止まった。「ナギ君、音楽科のある高校に行くんじゃないの?」と続けた柊に、首を横に振る。

「そもそも、俺、もう凪村じゃないんだよ。今は佐藤《さとう》幹生なの」

母の旧姓を告げると柊は余計に戸惑った。聞き慣れない苗字になった幹生のことが、まるで別人のようにでも思えたのだろうか。

凪村という苗字は気に入っていた。佐藤は……全国の佐藤さんには申し訳ないが、あまりに有り触れていて、自分が名無しの通行人Aになった気分だった。

「ときどきピアノを弾くくらいのことはできるだろうけど、もう今までみたいにはできないかな」

日々の生活の中でピアノと戯れることはできても、ピアノと一緒に音楽の道を生きることはできない。それが小学生の彼に理解できるだろうか。

けれど、柊は静かに頷いた。今の自分はそんなに酷い顔をしているのだろうか。泣きそうなのだろうか。途方に暮れているだろうか。それとも憤っているだろうか。五つも年下の男の子に、ショックも動揺も呑み込ませてしまうような、そんな姿なのだろうか。

「柊は、どうか頑張って」

数学の先生や桜井先生が自分にかけた言葉を、そっくりそのまま、柊に贈った。背負いきれない荷物を半分彼に押しつけてしまった気分だった。

それでも、この想いを託すなら、恵利原柊しかいなかった。

「俺みたいなつまんないやめ方するな。俺はこの程度だったけど、柊は違う。柊は弾き続けられる人だから、ピアノの神様がちゃんと愛してくれてるから、どんなことがあっても、やめちゃ駄目だ」

夜風はまだ冷たいのに、温かな土の香りがした。歩き出した幹生から半歩遅れて、柊はしっかりついてきてくれた。

「いつか、ね」

柊は涙声だった。歩調を緩め、彼の頭に手を伸ばした。とん、とん。二回、彼の頭を撫でた。

「いつか、大きなコンクールに出るから。コンサートにも出るから。だから聴きに来てね」

「そうだな、楽しみにしてる」

「『熱情』弾こうかな」

「お、いいね。柊のベートーヴェン、好きだよ」

並木道を抜けても会話は続いた。幹生が進学する高校のこと、もうすぐ始めるアルバイトのことも話したが、結局は音楽の話だった。柊が課題として練習しているモーツァルトのピアノ・ソナタのこと、コンクールのこと……こんな日でも、音楽の話は笑いながらできた。

キッチン・エリィはいつも通り橙色の外灯がついていた。柊を送り届けると、彼の母親に「オムライス食べていく？」と聞かれた。ちょっと迷って、「今日は家にご飯があるから」と断った。

「じゃあね、ナギ君」

柊は手を振りながら店内に消えた。駅前広場を抜け、踏み切りに差し掛かったとき、遮断機が下りた。甲高い警告音が鳴り、視界を真っ赤な光が埋め尽くした。

光の向こうから、酷く優しい声で誰かが幹生を呼んでいた。

遮断機をくぐって、列車に飛び込んでしまえ。ピアノ教室で柊に飛びかかりそうになった自分が、そんなことを耳元で囁いた。明日からの日々に一体どんな楽しいことがある？　お前の未来に一体どんな幸福がある？　そもそも、ピアノを弾かないお前なんて、もう死んでいるのと変わらないんじゃないの？

これが、魔が差すということなのだと幹生は学んだ。さっきは柊を殺そうとして、今度は幹生を殺そうとしている。

それを払いのけてくれたのは、警告音の合間に遠くから聞こえた「ナギ君のピアノ、聴きたくて」だった。

目の前を猛スピードで急行電車が走り抜けていく。警告音が止み、赤いランプが消え、遮断機が開く。周囲の人から一歩遅れて、幹生は歩き出した。

三月の終わりに引っ越した。母と姉と三人で移り住んだマンションは狭く、アップライトピアノは売り払われた。たいした金額にはならなかったと母と姉がこぼしていた。

都立高校に進学し、アルバイトに明け暮れた。早朝にファミレスの清掃バイトをして学校に行き、学校が終わったらコンビニ店員になった。ベトナムやネパールからの私費留学生と一緒に働いて、日本語を教える代わりに英語を教わった。

姉は何とか国立大学に進学できたけれど、自分は無理だと覚悟していた。姉がどれだけ奨学金をもらい、バイトで学費を稼いでも、家の中はずっとカツカツだった。財布や銀行口座だけでなく、家の中の空気、自分達のまとった空気が、何もかもカツカツでピリついていた。

キッチン・エリィには、中学卒業以来、一度も足を運ばなかった。ときどき恵利原柊の名前を検索し、コンクールで頑張っているのを確認していたが、いつの間にかその頻度は減っていった。

ピアノを弾けない日常なんて信じられない。死ぬかもしれない。なんて思っていたのに、生きることに精一杯になると意外と体は動いた。清掃バイトでは「佐藤のモップ掛けは丁寧で早い」とリーダーに褒められ、コンビニでは「ミキオのレジが早すぎてお客さんがびっくりしてる」と同僚にからかわれた。

何より、人生は何が起こるかわからない。高三のときに母親が再婚し、幹生は佐藤幹生から石神幹生になった。音大は無理でも国立大学なら進学できた。

就職活動が始まってすぐ、せめて音楽に関わる仕事がしたいと思って音楽雑誌を出している出版社を受けた。受かったものの、配属されたのは何故か週刊誌の編集部だった。

芸能人のスキャンダルを追いかけ、ときどきジャーナリズム精神に目覚めて政治家の汚職を追い、攻めたグラビアとセンセーショナルな見出しで読者を誘惑する――配属初日こそ物々しい雰囲気におののいたが、働いてみたら興味深い仕事だった。卑しく下世話な仕事だとうんざりするときと、社会に楔を穿《うが》つ使命感に滾るとき、その両方がまぜこぜになった不思議な日々が始まった。

澄んだ夜空に桜の花が舞う中、恵利原柊に自分のピアノを託したあの日、人生は終わったと思った。だが、生きてみれば意外と道はあるものだ。大学を卒業して幹生は――石神は、つくづくそう思う。

週刊現実の編集部に配属されて半年ちょっとたった三月の終わり、サリエリ事件は起きた。

深夜まで続いた取材のあと、明け方まで原稿を書き、朝イチで上司のOKをもらって入稿し、仮眠室で寝ていた。

上司の澤田《さわだ》に叩き起こされ、「殺しだ殺しだ」と会社を連れ出されたのは、午後四時過ぎだった。

社用車のハンドルを握った石神に、澤田は「吉祥寺の音大」と短く告げた。「朝里学園、ですか?」と聞き返すと、無言で彼は頷いた。

「殺しは附属校の生徒だってさ。卒業発表会だか何だかをやってたんだって」

信号待ちの最中、「その中の誰かが殺して、誰かが殺されてる」と澤田が自分のスマホを投げて寄こした。朝里学園大学と附属高校が合同で行う卒業演奏会のプログラムが表示されていた。

恵利原柊の名前を確認した瞬間、信号が青になる。石神は自分でも驚くほど冷静にアクセルを踏んだ。

彼が朝里学園大学附属高校の音楽科に進んだことに驚きはなかった。桜井先生に師事したのなら、それが自然な流れだ。そうか、あの子ももう高校三年なのか。懐かしさと時の流れの早さに驚きながら、どうか彼が被害者ではありませんようにと祈りながら車を走らせた。

被害者は雪川織彦と加賀美希子。加害者の名前は恵利原柊。現場に到着してすぐ、わかったことだった。現場でどんな取材をしたのかはほとんど覚えていない。誰に何を聞いても、加害者が恵利原柊であることは変わらなかった。

「石神、お前、子供の頃にピアノやってたんだよな」

一度帰社しろと編集長から命を受け、再び社用車に乗り込んだとき、澤田に聞かれた。

「ええ、中学まで」

「いい線行ってたんだろ？」

「そうでもないですよ」

「昔のピアノ仲間を辿ったら、被害者か加害者の知り合いに辿り着けたりしないの？」

凪村幹生の名前でネット検索すれば、コンクールでの戦績がいくつか出てくるだろう。でも、石神幹生の名前では出ない。それでいいと長く思っていたし、今、そのことに安堵していた。

「決して広くないですけど、そこまで狭い世界でもないですよ」

殺人事件は、何度か担当したことがある。下っ端の石神にまず課せられるのは「加害者と被害者の顔写真を手に入れてこい」だった。加害者の高校の同級生を探し当てて卒業アルバムから写真を失敬したこともあれば、被害者の親族に散々罵倒された挙げ句に玄関先で水をぶっかけられたこともあった。

今回は、被害者・加害者共に卒業演奏会のプログラムに顔写真が出ている。それでも、自分と恵利原柊の繋がりを明かすことに大きな抵抗があった。「俺、加害者が行ってたピアノ教室を知ってますよ」なんて、口が裂けても言えない。

「朝里学園大学附属高校同級生殺害事件……ちょっと長ったらしいな」

助手席で澤田が呟く。「そうですね」と頷いて、卒業演奏会の観客から入手したプログラムを開いた。あどけなさが抜け、少年と青年のあわいを行き来する凜々しい顔立ちになった柊がそこにいた。

彼の演奏曲がベートーヴェンの〈ピアノ・ソナタ第23番『熱情』〉だと気づいたのは、そのときだった。

「……『熱情』、弾いたのか」

咄嗟に声に出してしまい、慌てて唇に手をやった。澤田が「どうした」と首を傾げる。彼は、事件の詳細を知った石神が酷く動揺していることに気づいているようだった。普段なら取材対象者に向ける鋭く静かな視線を、先程からしきりに石神に向けてきた。

「いや、たいしたことではないですけど」

プログラムに視線を巡らす。死んだ雪川織彦が演奏するはずだった曲は、ショパンの『ラ・チ・ダレム変奏曲』だった。

「被害者が弾く予定だった『ラ・チ・ダレム変奏曲』の正式名称は、〈モーツァルトの「ドン・ジョヴァンニ」の『お手をどうぞ』による変奏曲〉というんです」

「そりゃあいい、モーツァルトって誰かに殺されたんだろ」

澤田は声を上げて笑った。狭苦しい社用車が、少しだけ揺れる。

「サリエリという音楽家に毒殺されたという説があります。加害者の弾いた『熱情』の作者はベートーヴェンで、ベートーヴェンはサリエリの弟子です」

「よし、なら、サリエリ事件だな。長ったらしい名前よりキャッチーで、インパクトもある。朝里学園と恵利原とも掛かっててちょうどいい」

見出しは決まった。辛味の利いた雄々しい顔で澤田は助手席のシートに座り直した。気色悪いと思った。サリエリ事件という名も、したり顔で命名した澤田の思考回路も、話題が逸れて安堵している自分自身も。

「そうでもないって言う割に、ちゃんと詳しいじゃねえか。役立ってよかったな」

そんなことのために、俺はピアノを弾いていたのだろうか。澤田に言われるがまま、石神は車を駐車場から出した。

その後も取材を続けた。サリエリ事件の詳細が次々明るみに出て、附属校でのいじめ疑惑や恵利原柊の供述内容が報道され——美味しいところだけを適当に摘まんで楽しんだ世間が事件を忘れ去っても、石神は陰ながら取材を続けた。

自分と同じ理由で彼は音大進学を諦めた。そして、クラスメイトをその手で殺めた。

桜井先生の最後のレッスンの日、石神には魔が差した。柊に摑みかかって指を折ってやろうと思った。遮断機をくぐって電車に飛び込んでやろうかと思った。

でも、やらなかった。目の前に黒々と引かれた一線を、飛び越えなかった。

ならばどうして、柊は越えてしまったのか。何が彼の背中を押したのか。自分になくて、彼にあったものは何だったというのか。

それは、俺がかけた「頑張って」だったのではないのか。「どんなことがあっても、やめちゃ駄目だ」と言った、俺のせいではないのか。

自分がもう背負えないからと五歳年下の柊に預けた荷物が、最後の最後で彼の背中を押してしまったのではないか。

遮断機を前にした俺を引き留めたのは、柊の「ナギ君のピアノ、聴きたくて」だったけれど、俺の「頑張って」はあいつを突き落としたのかもしれない。数学教師に「これから頑張れよ」と言われて「何をですか？」と返したように。桜井先生に「頑張ってね」と言われて、何も返せなかったように。

そう考えたのは、全く関係ない女性アイドルのスキャンダルを記事にしているときだった。サリエリ事件となんの共通点もないのに、ノートパソコンのキーボードを叩きながら、考えてしまった。そのままトイレに向かい、夕飯に食べたものをすべて便器に吐き出した。全部吐いて、胃液すら徐々に吐けなくなって、なのに吐き気は消えず、手洗い場で水を飲んでそれを無理矢理吐いた。

他の理由があってほしい。そう願った。柊が口にしたという「被害者達が羨ましかった。自分も音大に行きたかった」「被害者がいなければ自分が奨学金をもらえると思ったから殺した」という動機に、どうか裏がありますようにと願った。

そのまま受け取ったら、どうしたって、彼をピアノに縛りつけ、凶行に走らせたのは俺になってしまうのだから。

恵利原柊の裁判が終わった頃、ただの週刊誌の記者・石神幹生として彼に「事件について語ってほしい」と刑務所に手紙を出した。返事は来なかった。二通目も三通目も、返事は来なかった。

四通目を書く頃には、事件から四年近くがたとうとしていた。サリエリ事件の関係者達は大学四年生になり、再び卒業演奏会を控えていた。

年明けの一月、そのことを手紙に書いた。石神は初めて自分が凪村幹生だと明かした。母が再婚して佐藤から石神になったことを伝え、これまでの手紙でそれを黙っていたことを詫びた。

返事は、二週間ほどであっさり届いた。

封筒は分厚かった。開けると、何枚もの紙が折り畳まれて入っていた。一番上に、石神への私信があった。

ナギ君と、懐かしい呼び名が並んでいた。

石神幹生様
初めてお返事を書きます。「幹生」という名前に懐かしい顔が確かに浮かんでいたのですが、まさか本物のナギ君だとは想像もしておらず、長く手紙を無視してしまいました。本当にごめんなさい。

ナギ君はお元気ですか？　僕はナギ君との約束を守れませんでした。せめてナギ君の役に立てばと思い、何かしらの償いになればいいと思い、文章を書きました。本当に今更ですが、事件後の取り調べや裁判のときに言えなかったことが、やっと言葉にできた気がします。なので、ナギ君にはとても感謝しています。

あまり上手ではないと思いますが、どうするかの判断はナギ君に任せます。

本当にごめんなさい。


私信をめくると、文書は二種類あった。一つは柊がこれまでの人生と事件について回想した手記で、もう一つは被害者である雪川織彦の両親へ宛てた謝罪の手紙だった。内容はほとんど一緒だが、後者は雪川織彦への謝罪が長文でしたためられていた。

自分のデスクで、両方を読んだ。

――ただ楽しく弾ければいいものだったピアノをもっと本格的に勉強したい、上手になりたいと思い始めたのは、小学校四年生、十歳の頃です。三月のよく晴れた日で、ピアノ教室の側の通りは桜が満開でした。

そんな短い文章から石神が思い浮かべたのは、青天の下の満開の桜ではなく、雲一つない澄んだ夜空を舞う桜の花びらだった。いつか大きなコンクールに出ると、柊が口にしたときの風景。泣いている彼の頭を石神が撫でた。

――ここからの話はきっと、あなたは信じてくれないかもしれないけれど、それでも書こうと思います。

手記の中で一部分だけ不自然に「あなた」という呼称が使われていた。柊は一体、誰に呼びかけたのか。亡くなった雪川織彦か、怪我をした加賀美希子か、もしくはクラスメイトの誰かか。

それとも、俺か。

手記の中にいたのはサリエリ事件の加害者・恵利原柊だったが、同時にあの日の凪村幹生でもあった。

中学三年のあの日、自暴自棄になって、ヤケになって、魔が差して……自分の人生はこれでおしまいだと思った。人間の一生はそんな単純な作りをしていないのに、終わりだと思った。

胸に差し込んだ〈魔〉は〈殺意〉になって、自分に向き、他人に向いた。

柊をそうさせたのは、誰だ？

手記を折り畳み、封筒に戻した。息が上手く吸えなくなり、呼吸が徐々に小刻みになって、まずいと思ったときには過呼吸を起こして椅子から転げ落ちていた。出社したばかりの同期の鈴埜が介抱してくれたが、彼女は心配するどころか終始「引くわぁ、ドン引きだわぁ」と顰めっ面だった。

サリエリ事件の関係者が、揃いも揃って卒業演奏会の出演者に名を連ねている。それを確認したのは、過呼吸を起こして倒れた翌日だった。

結局、取材を続けた。柊の手記を読んでもなお、石神の中に真実を拒絶している部位があった。口が、舌が、喉が、胃が、腸が、食事を拒むのと同じように拒否している。

桃園慧也、加賀美希子、羽生ツバメ、藤戸杏奈……彼ら以外の当時のクラスメイトにも、随分話を聞いた。四年前の週刊現実のいじめ報道を肯定してくれるものは、ほとんど出てこなかった。

俺がどうしていたら、よかったのか。羽生ツバメと藤戸杏奈の取材をした帰り、中央線の車内で考えた。

例えば、高校進学後も柊と会っていたら、キッチン・エリィに通っていたら、違ったのか。例えば大学に受かったとき、「音大は無理でも大学生になれたぞ」と報告に行っていたら。例えば就職が決まったとき、「音楽雑誌の編集者を目指すよ」と彼の前に現れていたら、「週刊誌に配属されたけどこれはこれで楽しいな」と話していたら、違ったのか。

せめて、音楽の道を逸れても人生は満更でもないと、どこかで彼に示せていたら。最後のピアノ教室の日に弾いたのが、怒りと絶望をまとった『熱情』ではなく、喪失を抱えた人間を見守る『悲愴』だったら、何か違ったのだろうか。

『悲愴』を弾いた俺は、あの日、遮断機をくぐるのを堪えられたのだろうか。

そんなことを考えながら新宿のストリートピアノで『悲愴』を弾いたら、羽生ツバメが現れた。卒業演奏会の直前に柊に告白され、断ったことを教えてくれた。目を伏せて淡々と話す彼女が何を思っているのか、手に取るようにわかった。

同時に、この子が振ったせいだったらよかったのに、とも思ってしまう。

「サリエリ事件の加害者の手紙を石神が入手して抱えている」と編集長に報告したのは鈴埜だった。デスクを並べる彼女は、石神の想像以上に石神の行動を把握していた。「あんた、アレが届いてからますます変になってる」と、彼女は一切悪びれなかった。

編集長の命で手記は週刊現実に掲載されることになった。雪川織彦の両親に宛てた手紙は、石神が自分の手で届けた。最初は「読みたくない」と言われたが、石神が仏壇に手を合わせている間に、二人は手紙に手を伸ばしていた。

柊の手記が掲載された週刊現実が発売されたその日、朝里学園大学で卒業演奏会が開催された。

これで終わらないでくれと願った。サリエリ事件の関係者が一堂に会する場で、俺の知らない何かが起こってくれと。俺は悪くないと教えてほしかった。

週刊現実の見本を手渡したとき、桃園慧也に言われた。

——俺達は確かに〈知りたい〉と思ってたけど、結局それは、自分が楽になるための〈知りたい〉なんだよ。

確かにそうだった。自分が楽になるための〈知りたい〉だった。自分を楽にしてくれる事実を、必死に探している。

石神の願いを叶えるように、二度目の殺人事件が起きた。被害者は羽生ツバメで、加害者が藤戸杏奈だった。世間は「二度目のサリエリ事件」に浮き足だった。

一番はしゃいだのは週刊現実編集部だった。柊の手記が掲載された号は売れに売れ、完売した。その勢いのまま、第二のサリエリ事件の取材は始まった。被害者と加害者、彼女らのかつてのクラスメイト達を軒並み取材していた石神は、取材チームの先導を任せられた。

「もう考えるのはやめなよ。無駄だよ」

三月の終わり、パリへ旅立つ桃園慧也に会いに行った。自宅前で張り込んでいた石神に、キャリーケースを引いた彼はそう言い放った。下睫毛に沿うように、うっすらと隈ができていた。

「四年前は六人だった卒業演奏会のメンバーがさ、もう俺と加賀美だけなんだよ。俺達はまた何年も、どうしてなんだって考え続けなきゃならないのかよ」

勘弁してくれ。石神に小さく一礼し、彼は歩き出した。がらがら、がらがら。キャリーケースのキャスターがアスファルトを鳴らした。

「石神さん、俺さ、日本を出たら事件について考えることをやめるよ。四年前のも、今回のも。考えても答えが出ないし、答えが降ってきても心が軽くなることはないんだって、よくわかったんだ」

何も返せずにいる石神に、彼は一言「まあ、でも、何かわかったら教えてよ」と肩を竦め、もう振り返らなかった。そのままパリへ留学した。

＊

「石神、口を開けろ」

は？ と顔を上げた瞬間、鈴埜が唐揚げを口に突っ込んできた。しかもマヨネーズがついていた。生臭い油の匂いに吐き気が込み上げて、デスクの側にあったゴミ箱を引っ摑んですべて吐いた。

「お前……数量限定の唐揚げ弁当を吐きやがったな……」

割り箸片手にすごむ鈴埜を横目に、常温のミネラルウォーターを飲み干した。それでも舌先に唐揚げの油がこびりついて取れない。

「いきなり唐揚げを口に突っ込むのは危険だ。内臓がびっくりして死ぬ」

「死にかけの老人みたいなことを言うな。じゃあ切り干し大根にする？」

箸で切り干し大根を摘まみ上げた鈴埜に、石神は静かに首を横に振った。第二のサリエリ事件の取材が始まって以来、鈴埜は隙あらば石神に何かを食わせようとしてきた。

午後十一時を回っても、編集部には煌々と明かりがついていた。カップラーメンやコンビニ弁当の匂いが充満していて、それだけで気が滅入ってくる。

それでも、奇妙な熱量が編集部内を渦巻いていた。さまざまな記事が、特集が進行する中、第二のサリエリ事件はその中心にある。この事件の闇を暴いてやろうという熱気が、編集者や記者達を突き動かしていた。

音大附属校の卒業演奏会で起こった殺人事件。四年後、同じ場所に再び集まった関係者達。そこで二度目の惨劇が起きる——面白くないわけがないのだ。編集者も、記者も、読者も、この事件が面白くて仕方がない。

犯人の動機は？　被害者と加害者の関係は？　二人はどんな日々を送っていたの？　友情の裏にはどす黒い闇があったんでしょう？　四年前の事件との関係は？　四年前の事件には明かされていない真実があって、それが第二のサリエリ事件につながったんでしょう？　そんなドラマや小説みたいなハラハラドキドキをこれから私達は味わえるんでしょう？　……餌に群がる鯉の群れみたいに、サリエリ事件にみんなが食いついている。

「うちが載せた手記に理由があると思うんだよね」

唐揚げ弁当を頬張りながら、鈴埜が唐突に話し始める。彼女も第二のサリエリ事件取材班に加わっていた。

「加害者も被害者も、手記を読んでたんでしょう？」

羽生ツバメの控え室には週刊現実があった。逮捕された藤戸杏奈は、卒業演奏会の演奏後に彼女から週刊現実を借りて読んだと話している。

「手記に気になる記述があったじゃん？　Fさんには『気にかけてくれてありがとう』、Hさんには『迷惑をかけてしまってごめんなさい』って。それぞれが藤戸杏奈と羽生ツバメに宛てた言葉なら、二人は互いに『これはどういう意味？』って確認し合ったんじゃない？」

はぐ、はぐ。健康的に弁当を咀嚼する鈴埜は、視線をずっと石神に向けていた。

「石神、サリエリ取材班と共有してない情報、たくさん持ってるでしょう？　あれだけ熱心に取材してたんだから」

「同期とはいえ、独り占めしてきたネタをそう簡単には明かせないだろ」

「ネタを抱えたままあんたが死んだら元も子もないから言ってるんだよ」

ふん、と鼻を鳴らして空になった弁当箱をゴミ箱に放り込んだ鈴埜は、デスクに頬杖をつく。手元には、恵利原柊の手記が掲載された号の週刊現実がある。

「私の想像だけどねぇ。この羽生ツバメへの〈迷惑〉って、告白だと思うの。それで、羽生ツバメは恵利原柊を振ってる。羽生ツバメはそのことをずっと秘密にしてて、手記を読んだ藤戸杏奈に『迷惑って何？』って聞かれて、真実を話す」

鈴埜の勘の良さに肝を冷やしながら、石神は「それで？」と続きを促した。

「藤戸杏奈は、恵利原柊のことが好きだったんじゃないかな。片思いの相手が殺人事件を起こして、しかも自分は何もしてあげられなかった。そのことに苦しんでいたのに、恵利原柊が好きだったのは羽生ツバメだった。四年越しに知った真実に激昂して、側にあった花瓶でどこん。第二のサリエリ事件の真相は、第一の事件からこっそりつながっていた愛憎劇」

「やっすい筋書きだな」

「これくらい安くて単純じゃないと、面白おかしく楽しめないでしょ」

事実、同じような説を名探偵面で語る人間が、SNSを覗けば大量にいる。羽生ツバメが本当に柊から告白されていたことを石神が明かせば、週刊現実は嬉々としてこれを記事にするだろう。

石神はデスクの端に追いやられたゲラ刷りに手を伸ばした。先日発売になった号の記事だ。第二のサリエリ事件の加害者・藤戸杏奈が供述した犯行動機に誌面を割いたのだが、盛り上がりに欠ける内容だった。

逮捕された藤戸杏奈が語った動機は、「ずっと彼女が目障りだった。死んでほしかった」というシンプルなものだった。

「二人一緒に取材したけど、普通に仲のいい友人同士にしか見えなかった」

ぽつりと呟いた石神に、鈴埜は「そんなもんでしょ」と返してくる。事実、彼女達が実は仲が悪かったとか、片方が片方の陰口を叩いていたとか、そんな話も今のところ出てこない。

死亡した羽生ツバメはチャイコフスキー国際コンクールでセミファイナルに残るほどの学生で、藤戸杏奈は大学進学後はほとんど実績らしい実績がなかった。大学卒業後の進路も一般企業への就職だった。同じ教授の門下生とはいえあまりにピアニストとしての存在感が違いすぎて、友人の才能に嫉妬しての殺害というサリエリ事件らしいストーリーにも結びつかない。

それでも、凶行があのタイミングだったということは、彼女の背中を押したのは柊の手記だったのだろう。そのことに責任を感じている編集者は、この空間には恐らくいない。

「新人の頃にさ、澤田さんが言ってたじゃん。犯人に事件当時の気持ちや動機を直接尋ねても、腑に落ちる答えが返ってくることはほとんどないって」

覚えている。犯人達は大抵「イライラしていたから」とか「カッとなって殺した」とか「よく覚えていない」とか、そんなぼんやりした決まり文句ばかりを口にする。本音など口にしないし、下手したら本人も理解していない。真意を摑ませてくれない。こちらは〈わからない〉という気持ち悪さだけを抱えることになる――事件取材のキャリアの長い澤田は、酒に酔うとよくそう話した。

「我々は想像するしかないんだよ。人を殺すまでしてしまった彼らの内面をね」

それはお気楽な悟りに聞こえるが、裏を返せばとても残酷でもあった。鈴埜の言葉に相槌を打つことなく、石神はデスクに積んでおいた週刊現実のバックナンバーを封筒にまとめ、手紙を添えて宛名を書き込んだ。

卒業演奏会で再び事件が起こったことを知った柊とは、手紙のやり取りが続いていた。羽生ツバメと藤戸杏奈に何があったのか知りたいという彼に、週刊現実や他の週刊誌、新聞のバックナンバーをせっせと送ってやった。

手紙の文面は淡々としていたが、彼が何を考えているのかは石神にもよくわかった。自分の手記が何をしでかしてしまったのか、恐る恐る薄目を開け、手探りで理解しようとしている。

彼の手記を掲載した石神もまた、同じだった。

最終章　サリエリの軌道

◆石神幹生

かつて恵利原柊の両親が営んでいたキッチン・エリィはコンビニになっていた。蛍光色で装飾された外観にも、白く無機質な光に照らされる店内にも、当時の面影など一切ない。冷やし中華と冷麺の割引セールを伝える幟に、もう夏なのだと石神は溜め息をつく。朝里学園大学で二度目のサリエリ事件が起きてから、もう一年以上がたってしまった。

店の前で待っていた石神に、二人はすぐに気づいて声をかけてきた。かつてこの場所で石神にオムライスやプリンを振る舞ってくれた恵利原柊の両親は、石神の記憶よりずっと年老いて見えた。梅雨明け直後の太陽光に負けて今にも焼け焦げてしまいそうだった。

近くの喫茶店に移動した。あえて客のほとんどいない二階の奥の席を選んで座った。

定期的に柊と面会しているという二人は、彼から石神の話を聞いて、週刊現実編集部に連絡を寄こした。週刊誌にいい印象などないだろうに、息子のかつての友人に会おうとしてくれた。

週刊誌の記者としては、この面会を記事にするべきなのだろうと思いながら、あえてレコーダーを回さなかった。二人はこの五年あまりのことを石神に話した。

雪川織彦の両親には、事件直後に直に謝罪し、その後も謝罪の手紙を送り続けていたという。返事が来ることはなかったが、一年と少し前——石神が柊の謝罪の手紙を雪川夫妻に届けた頃、初めて返事が届いた。以来、何度かやり取りが続いているという。

「この間、お母様からの手紙でね」

萎れたようなか細い声で柊の母は呟いた。

「柊の手記と謝罪の手紙を読んでも、やっぱり怒りは全然消えないんだって書いてあったの。事件から五年以上たっても、外を歩いてて二十代前半の男の子を見ると、織彦君を思い出すんだって。うちの子は死んじゃったのにどうしてこの子は生きてるの、って……摑みかかってやりたくなるんですって。お母様も、お父様も」

洟を啜った柊の母に頷いて、石神はコーヒーカップに口をつけた。飲む振りをした。

「それと同じくらい辛いのは、織彦君の話をできなくなったことなんですって。夫婦の間でもしなくなったし、親戚や友人の前でするとと空気が凍って、みんな同情して真摯に聞いてくれはするけど、目が『いい加減にしてよ』って言ってるって」

ハンカチを目元に持っていった柊の母は、「柊がやったことがどういうことだったのか、私達は本当の意味で理解してなかったのかも」とこぼす。白髪が随分と目立つようになった柊の父が、無言のまま首を縦に振った。昔は、エリィの厨房で笑顔でフライパンを振っていたのに。

「織彦君のご両親からね、会って話したいと言われているの」

会ってもいいものかしら？　擦れ声でそう聞いてきた柊の母に、石神は小さく唸り声を上げた。「ごめんなさいね、こんなこと相談できる人がいなくって」と、柊の母は浅く微笑む。

「事件の関係者が対話を通して精神的な回復や償いの方法を探る試み自体はあります。修復的司法といって、海外では事例があるみたいですが、日本では普及していません。罪を軽くしたい加害者側が修復的司法を利用していると見られる可能性があります」

石神がそんな話をしても、二人の表情は変わらなかった。

「ただ、お二人が会おうと思われるのなら、協力はします」

去年の三月——二度目のサリエリ事件が起こる直前に、雪川織彦の両親に会って、柊の手紙を届けた。手紙を読み終えた二人の第一声は、「謝罪の手紙がないことをずっと怒っていたけど、手紙が届いたら届いたで結局は怒りは沸くんですね」だった。

そのことも柊の両親に伝えたが、二人の考えは変わらなかった。顔合わせを仲介すると約束して、石神は店を出た。別れ際、柊の母に「顔色悪いけど大丈夫?」と心配されてしまった。

同期の鈴埜に無理矢理食わされるようになったが、石神の体は相変わらず食事が下手なままだった。それでも、体は動く。

会社に戻ると、石神宛に手紙が届いていた。鈴埜に「食え」と命じられるがまま、彼女がコンビニで買ってきた梅おにぎりを頬張った。頬張りながら、手紙を読んだ。

第二のサリエリ事件から一年と数ヶ月、拘置所にいる藤戸杏奈から、手紙が来た。

*

面会窓口に申込用紙を提出すると、あっさり受理された。刑事事件の被告人と面会するのは初めてだが、あまりに事務的な対応に石神は拍子抜けした。

渡された番号を手に待っていると、三十分ほどで電光掲示板に石神の番号が表示された。身体検査を受けて通された面会室は、想像よりずっと狭く薄暗かった。こちらとあちらを隔てるアクリル板があまりに薄く思えて、相手が現れるまで石神はアクリル板に反射する照明の光をぼんやり眺めていた。

刑務官に連れられて現れた藤戸杏奈は、以前取材したときと変わらない印象だった。痩せてもおらず、太ってもおらず、顔色も悪くなかった。

ただ、石神の目元にあるのと同じような隈が、彼女にもあった。

「寝られていないんですか」

自分の隈を指さして、石神は問いかけた。アクリル板の向こうで杏奈は伏せていた睫をするりと持ち上げ、小さく肩を竦める。

「寝られてはいます。裁判ってこんなに長くかかるもんなんだなって、疲れてるだけです」

第二のサリエリ事件――朝里学園大学女子学生殺人事件は、事件からおよそ一年がたった今年の四月に東京地裁立川支部で初公判が行われた。犯行動機の身勝手さと計画性を主張する検察側と、犯行の計画性を否定する弁護側とが争い、最終的に杏奈には懲役十二年の判決が下った。求刑である十七年を下回ったことから、検察側は即日控訴している。

夏が終わり、蝉の声が聞こえなくなる頃には、控訴審が行われるだろう。

「会っていただけてよかったです」

「あんな手紙を寄こされたら、一応会わないとなって思いますよ」

「手紙に書いたことは嘘ではありません」

第二のサリエリ事件の後、拘置所の藤戸杏奈に何度か手紙を書いたが、当然ながら返事はなかった。そのことを柊に伝えたら、こんな返信をもらった。

――僕の代わりに、藤戸さんに謝ってほしいです。

そのことを、杏奈への手紙に書いた。今日のこの時間に拘置所へ面会に行くことを記して、投函した。

「恵利原君は、手記のせいで私があんなことをしたって考えてるんですか？」

「彼だけでなく、私を含めた多くの人がそうなのかもしれないと思っていますよ」

はあ、と杏奈が溜め息をつく。鼻で笑ったようにも見えた。

「取り調べでも裁判でも話したじゃないですか。私はずっとツバメが嫌いだった。死んでほしいと思ってた。それが動機ですって」

「しかし」

「どうして、私が〈そうだ〉って言ってるのに、まるでもっと禍々しい何かが裏にあるに違いないって勝手に考えるんですか？」

ぎろりと睨んできた杏奈に、この子はこんな顔をしていたのだと石神は改めて思った。羽生ツバメと一緒に取材をしたとき、確かに彼女とも話をしたのに、声や表情が印象に残っているのは圧倒的にツバメの方だ。杏奈の顔が殺人事件の容疑者として大々的に世に出るまで、石神は彼女の顔を鮮明に思い描くことすらできなかった。

ずっと、藤戸杏奈は脇役だったから。

「石神さんだけじゃなくて、警察も弁護士もそうだった。私が高校のときのサリエリ事件について何かを抱えてて、恵利原君の手記を読んでツバメを殺したって、そんな物語があるに違いないって顔で私に話を聞いてくる」

「じゃあ」

喉の奥に冷たい苦味を感じながら、石神は問いかける。

「改めて聞きます。あなたはどうして、羽生ツバメさんを殺したんですか」

「大っ嫌いだったから」

吐き捨ててからも、彼女は口を閉じなかった。息を吸うのを忘れたように、呆然と口を開いたままでいる。彼女の背後で、立ち合いの刑務官が静かに聞き耳を立てている。

「同じ先生の門下生で、大学でもよく一緒にいて、よく一緒にケーキを食べに行ってて、ツバメの前で私がニコニコ笑ってたら、仲良しなんですか？　一ミリも嫌いなところがないくらい、ツバメのことが大好きってことになるんですか？」

答えずにいる石神に、杏奈は続ける。

「私が錦先生に、レッスン中に何て呼ばれてたか知ってますか？〈全自動卵割り機〉ですよ。見る人は『すごーい、どんどん卵が綺麗に割れていく～』と感心して拍手する。それだけ。テクニックがすごいだけで、それ以外に何もない。これじゃあピアニストじゃなくて曲芸師。そうやって私のピアノを非難したあと、必ずこう言うんですよ。『羽生さんを少しは見習ってみなさい』って。そのあと、ツバメのピアノがどれだけ素晴らしいか、人の心に響くかをうっとりと語るんです。私はそれを、ピアノを弾くこともなくただ聞いている。大学一年の頃は、それは期待の裏返しなんだと思ってましたよ。馬鹿だから。私がただの馬鹿だったから。卒業演奏会のメンバーが決定した日、錦先生はどうやって私にそれを伝えたと思います？ わざわざツバメのレッスン後に私を呼び出したんですよ？ 電話で言えばよくないですか？ メールすればよくないですか？ どうしてわざわざ私が大学に行って、ツバメのオマケみたいに扱われなきゃいけないんですか？ しかも、先生はツバメの演奏曲をどうするかに夢中で、私の曲は『決まったらまた教えて』ですよ」

言葉を切った杏奈が石神の目を見る。ああ、どうせこいつには私の惨めさなんてわからない。そう鼻白んだ。間違いなく。

「自分が正当に評価されてないとは思ってませんよ。私はしょせん、その程度のピアニストでした。それは高校のときから受け入れてました。それでも、錦先生がツバメと私を比べるのは、多少は期待してくれてるからだと思ってました。でも、ツバメを使ってチクチクチクチクそれを思い知らされてるうちに、不思議なもので、先生よりずっとツバメが憎くなっていったんですよ。私がツバメを使って殴られてるのを知りもしないで、のほほんと私の友達をしてるあの子が。名前すら見たくなかった。私はとっくにツバメのインスタをミュートしてるのに、自分が投稿した写真を私が見てて当然って顔で話題に出すツバメに毎回腹が立ってた。卒業試験で私は『鬼火』を弾いて、ツバメは『火の鳥』だった。同じ〈火〉の字が入ってるのすら嫌だった。ツバメが弾く曲、それを作った作曲家、全部嫌いになった。私の好きな曲や作曲家がどんどんツバメに盗られた。私のピアノを非難するのは錦先生なのに、私のことを陰で笑ってるツバメのことばかりが頭に浮かぶようになっていった。ピアノを弾いてると雪川君や恵利原君のことを思い出すってあの事件の関係者はみんな言うけど、私は違う。演奏をしているときに出てくるのはツバメの顔。ツバメを例に出して私のいたらないところを指摘する先生の顔。先生の顔がだんだんツバメになって、ツバメが私のピアノを『あの子は全自動卵割り機だから』って笑ってる。嫌なことがあるたび、何か失敗するたび、ツバメが私を笑ってる」

——それは。

言いかけた声が擦れて、石神は顔を顰めた。

「それは、悪いのはあなたを指導した先生であって、羽生さんでは」

「そんなことわかってますよ」

当然でしょうという顔で、杏奈は頷いてみせる。

「じゃあ、どうしてあのタイミングで羽生ツバメを殺したんですか。恵利原柊の手記を読んだ直後に」

「恵利原君がツバメに告白してたって知って、『なんだよ』って思ったんです。ツバメがOKしてればあんなこと起こらなかったのに。雪川君も死ななくて、先生はツバメじゃなくて雪川君に夢中で、レッスンのたびにツバメを引き合いに出されることもきっとなかった。もしかしたら、雪川君を使って殴られるのはツバメだったかもしれない」

杏奈の頬が緩む。本当に、そうだったらよかったのに。そんな声が聞こえてきそうだった。

「あなたは、恵利原柊が好きだったわけではないんですか」

いつか鈴埜が言った仮説をぶつけた。もしかしたらと、石神自身こっそり思っていた。

「好き？　あはは、どうでしょうね。一緒に映画の収録をしてた頃は、好きだったかも。今更どうしようもないことですけど」

一瞬だけ懐かしそうに目を細めた杏奈の目から、ふとベートーヴェンの『悲愴』が聞こえた。映画の収録で弾いたのだと、杏奈が話していた曲。羽生ツバメは大学四年間のどこかで『悲愴』を弾いただろうか。藤戸杏奈は『悲愴』まで失っているのだろうか。

「ツバメが悲劇のヒロインみたいな顔で『恵利原君を止められたのに』って言うのを見て、ツバメが映画の主人公みたいな顔で『恵利原君と雪川君を連れて、ロシアに行こうと思います』なんて言ってるのを見て、プチッていったんです、頭の中で」

ただそれだけです。そう言って、杏奈は笑った。それを見たのは石神だけだった。立ち合いの刑務官は杏奈の言葉は記録しているが、表情までは見ていない。

肩胛骨のあたりが強ばって、背筋が冷えた。石神は奥歯を嚙み締めた。

「恵利原君が事件を起こしてから、人を殺しちゃう人と殺さない人の違いって何なんだろうってときどき考えてたんです」

「それは、羽生ツバメさんのことが殺したいくらい嫌いだったからですか」

自分が羽生ツバメを殺さない理由を洗い出して安心していたんですか。石神の問いに杏奈は曖昧に笑った。

「殺したいくらい嫌いだったわけじゃない。死んでほしいって思うくらい嫌いだったんです。それが〈殺してやる〉になるには、大きな壁があるものだと思ってました。まさか、プチッていったくらいで越えられちゃうなんて、思ってなかったですね」

話しながら自然と伏せられていた杏奈の目が、ぬるりと石神へ向く。

「サリエリがモーツァルトを毒殺したって説、馬鹿らしいって思いますよね？　サリエリほどの人がわざわざモーツァルトを殺すわけがない。ちょっと音楽史を勉強すれば、ありえないってわかるでしょう？　サリエリ事件なんて命名した人、本当に浅はかだなって思ってました」

でも。

吐息をこぼすように呟いて、彼女は首を横に振る。ゆっくり左右に二回。彼女の胸から何かがこぼれ落ちたみたいに見えた。

「後世の人間がどれだけ〈ありえない〉って思っても、当人の胸の内なんて、他人にはわからないじゃないですか。殺意って、信じられない理由で唐突に爆発して、こっちが思ってた軌道を外れて、意味不明な場所へ飛んでいくんですよ。自分は人殺しをするような異常な人間じゃないって信じていても、びっくりするくらいあっさりと、こっち側に来られちゃうんです」

杏奈の話を聞きながら、知らぬ間に胸元で拳を握り込んでいた。彼女に見られたくなくて、そっと膝の上に移動させる。

「藤戸さんのおっしゃることはわかります」

目の前の薄いアクリル板を見つめた。その向こうに殺人犯・藤戸杏奈がいる。こちら側とあちら側には大きな隔たりがある。常人には越えられない壁がある。きっと多くの人がそう思っている。

このアクリル板は、いとも簡単に通り抜けることができるのだと、石神幹生は知っていた。十年以上前、ピアノ教室の待合室で思い知った。

「そうですか。わかってもらえて嬉しいです」

「それでも、これじゃあ、あまりに羽生さんが浮かばれないと思いませんか」

雪川織彦だってそうだ。腕に傷が残った加賀美希子も。

「なんで、私を痛めつけた人の死後のことまで、私がケアしてあげなきゃいけないんですか」

そう言って、杏奈は耳を塞いだ。目を閉じた。ぎゅう、と音が聞こえそうだった。自分以外の世界のすべてを拒絶して、体の中から追い出そうとしている。

自分の行いが理不尽だと、彼女もわかっているのかもしれない。自分ですら、自分に共感できないのかもしれない。

もしかしたら、ツバメの命を奪ってなお、彼女の中ではツバメの嘲笑が聞こえているのかもしれない。きっとツバメ自身は、そんな笑い方など一度もしたことがないだろうに。

刑務官が面会時間の終わりを告げた。なんの挨拶も交わさず、杏奈は席を立つ。石神も無言で彼女に一礼した。

きっと二度と会うことはない。言葉を交わすこともない。それに安心した。彼女とキャッチボールを続ければ続けるほど、自分と彼女に大きな差異がないことを理解してしまう。同じ場所に立っていることをまざまざと実感してしまう。

「高校三年の、秋だったかな」

ふと立ち止まった杏奈が、こちらを振り返る。

「私なりに、恵利原君の助けになれないかと思っていろいろと動いたつもりだったけど、結局なんの意味もなくて、彼に『大学に行けるなら、僕の分も頑張って』って言われたんです。そう言ったことを恵利原君が謝ってるなら、謝罪は受け取ったと伝えてください。でも、私がツバメを殺したいほど憎んだのは、全く別の話ですから」

――まあ、私は彼の言葉に応えられるほどの人間じゃなかったですけどね。

今にも溶けてなくなりそうな、危うげな目を彼女はしていた。懐かしさなのか、後悔なのか、達成感なのか、殺人を犯してなお消えない憎しみや憤りなのか。石神には自嘲に見えた。

刑務官に促され、杏奈は今度こそ面会室を出ていく。誰もいなくなったアクリル板の向こう側を、石神はしばらく眺めていた。

面会室を出て、拘置所を後にした。時刻は午後四時を過ぎたというのに日差しが強く、道路沿いに点々と立つ木々のどこかで蟬が鳴いている。

バスには乗らず、歩いて立川駅へ向かった。じっとりと湿った空気を吸い込んだら、喉が震えた。慌てて口を覆ったが、嗚咽は止まらなかった。

――僕の分も頑張って。

凪村幹生として自分が柊に送った言葉を、彼はそのまま杏奈に伝えていた。自分が背負いきれなかった荷物を、背負ってくれそうな別の誰かに引き渡した。捨て置いていくだけの勇気がなかった。自分がやってきたことは無駄でなかったと思い込みたかった。

それは、罪な行いだったのだろうか。悪意など、ただの一欠片もなかったのに。

長身の男が泣きながら歩くのを、道行く人々がギョッとした顔で見ている。蟬の声が近い。耳元で鳴かれているようだった。

構わず、石神は駅に向かって歩き続けた。

◇　◇　◇

会社に戻って、杏奈に会ったこと、彼女から聞かされたことを柊への手紙に書いた。手紙は思いのほか長くなり、便箋十枚以上になってしまった。時刻は午前零時を回っていた。

彼に面会できたらと思ったが、赤の他人である石神には難しい話だった。彼が面会を避けて手紙でのやり取りにこだわる理由も、ぼんやりわかってしまうし。

手紙はあえて会社のポストではなく、明け方のオフィス街でポストに投函した。

返事はすぐに来た。

石神幹生様

お手紙ありがとうございました。わざわざ藤戸さんの面会に行ってくれて、ありがとうございます。

事件のことを知って以降、僕の手記が何かのきっかけになってしまったんじゃないかと考えると、夜になかなか眠れなくなりました。現金なもので、ナギ君からの手紙に〈全く別の話〉と藤戸さんの言葉が書いてあったのを見て、その場に座り込んでしまうくらい安心してしまいました。

藤戸さんがそう言ってくれますようにと、心のどこかでずっと祈っていたのだと思います。これ以上、僕の罪が重くならないでほしい。そんな卑怯なことを、ずっと祈っていたのです。だから、僕もきちんとナギ君に伝えたいです。僕があんな事件を起こしてしまったのは、ナギ君のせいではありません。

前回のナギ君からの手紙を読んで、これまでナギ君がくれた手紙を読み返しました。ナギ君が聞いた桃園君、加賀美さん、羽生さん、藤戸さんの話、クラスメイトのみんなの話を読み返しました。

僕のクラスメイトは、みんなとても優しかったです。クラスメイトが殺されたのも、クラスメイトが殺人犯になったのも、どうしようもない理由があったはずだと信じてくれている。それどころか、自分の些細な言動が原因だったんじゃないかと気に病んでいる。

ナギ君だってそうだ。僕があんなことをしたのは、どうしようもない理由があるはずだって。本当はいじめがあったんじゃないかって、そうに違いないって思ったからみんなに話を聞きにいったんでしょう？

けれど、僕はまた、ナギ君の期待に応えられなかった。

そして、今、すべては自分のせいだったとナギ君は自分を責めている。あなたの言葉に縛られた僕が、事件を起こしてしまったと。

でも、そうではないんです。

僕が雪川君を殺したのは、手記にも書いた通りものすごく身勝手な理由からです。死刑になりたいから自分より弱そうな人をたくさん殺して、日本中から「死にたいなら一人で死ね」と言われるような人と同じです。

決して、ナギ君の「頑張って」が原因ではないです。あんな温かいエールが、殺人事件を起こすわけがない。すべて僕が弱かったせいなのです。ナギ君の言葉が事件のきっかけを作ったのではなく、僕の弱さが、周囲の人の言葉や行動を事件のきっかけにしてしまったのです。

僕は雪川君を尊敬していたけれど、殺したいほど彼の才能を憎いとか羨ましいと思ったことはありません。強いて言うなら、ピアノを続けられる彼の幸運が憎かった。

ナギ君がピアノをやめたときに気づいたんです。ピアノを弾き続けられる僕は幸運なんだって。才能があるとか努力をしているからとか、そういうこと以前に、そういう人生を歩けるように生まれたことが幸運なんだって。だからその幸運に感謝しながらピアノを弾こうと思った。幸運が一生続くものだと思っていた。

僕も結局、途中でその幸運を失う側になった。そのことに、弱くて卑怯な僕は耐えられませんでした。

今、毎日考えています。死にたかった僕は、生きることが償いになるのだろうかって。そんなものが社会から償いと認めてもらえるのか、雪川君や加賀美さんがどう思うのか、わからないけど。

死んだら僕は楽になってしまうということだけは、わかります。だから、死なないように努めようと思って、毎日食事をして、眠るようにしています。

ナギ君、たくさん理由を探してくれてありがとう。ナギ君の期待と優しさに応えられなくてごめんなさい。

ただ、ただ、僕が身勝手なだけだったんだ。卒業演奏会の出番を終えた直後――

◇◇◇

「おい石神、メシに行くぞ」

突然鈴埜が肩を叩いてきて、石神の手から便箋の束を奪った。それが誰からの手紙なのか知ってか知らずか、無言で畳んで封筒にしまい、石神のジャケットのポケットに突っ込む。

「読んでる途中だったのに」

「十時に閉まるんだよ、あのラーメン屋」

煌々と明かりの灯った編集部を出て、鈴埜はすたすたと階段を下りていく。向かった先は、一年半ほど前にできたラーメン屋だった。激辛ラーメンが売りだという店だ。

そうだ、第二のサリエリ事件が起きる直前にオープンしたんだった。石神がそれに気づいたのは、店員が二人分のラーメンをカウンターに置いたときだった。

激辛ラーメンの店だけあって、店内に唐辛子の匂いが充満していた。鈴埜は真っ赤なスープに真っ赤に染まったネギが山盛りになっているラーメンを、石神は店で唯一辛くないという塩タンメンを頼んだ。

口をつけていない割り箸で、タンメンにのっていた二枚のチャーシューを鈴埜の丼に放り込む。彼女は何も言わず分厚いチャーシューにかぶりついた。

「例の話、進んでるの？」

ずるずると麺を啜りながら鈴埜が聞いてくる。「ちゃんと麺を食べろ」という彼女のアドバイスを聞き流し、石神は丼に盛られた塩味のキャベツと玉ねぎばかりを口に運んだ。口の中で粉々にして、奥歯で限界まで磨り潰してから、ゆっくり飲み込む。

「例の話？」

「最初のサリエリ事件の被害者家族と加害者家族の話し合いの場を作るってやつ」

恵利原家と雪川家の両親の間に立つ形で、石神が場を設けることになった。そのとき、一度だけ鈴埜に相談をしていた。

「俺に進行役が務まるとも思えないから、修復的司法による被害者支援をやってるNPOに相談した」

そもそも、進行役は中立な立場である必要がある。自分が中立な存在であるわけがなかった。

「それがいいよ。どうなるかは知らないけど、両方の家族が話すことで何か納得できることがあるならいいんじゃない？　あんたがそこまで肩入れする必要があるのかはわからないけど」

酷く大きなキクラゲにかぶりつきながら、鈴埜に話すべきか考えた。話そうと思うと長くなる。自分の子供時代の話からしなければならず、ラーメン屋でするには時間がかかりすぎる。

「ちょっといいことあった？」

スープが赤いからか、まさか生地に唐辛子でも混ぜているのか、真っ赤な麺を勢いよく啜りながら、鈴埜が首を傾げる。辛いことは間違いないだろうに、涼しい顔だ。塩味のキャベツを黙々と咀嚼しながら石神は「どうして」と返した。

「少し顔色がいいよ」

「いつから」

「ついさっき」

それは――ナギ君のせいではありませんと、柊本人から言われたからだろうか。

それで多少なりとも救われてしまったのだろうか。どう考えたってあの言葉は偽りで、彼が石神のために本音を隠したのだと、わかっているのに。

そこまでわかっているのに、身勝手にも救われてしまうのだろうか。

「そうなのかもしれない」

ちまちまと食べ進めていた野菜を、割り箸の先で掻き分けた。鶏ガラスープとごま油の香りが、細い湯気と一緒に昇ってくる。

若干伸びてしまった麺を箸で掬い上げると、隣で鈴埜が「おっ」と目を瞠った。構わず麺を食んで、ゆっくり啜った。柔らかくなった麺は決して美味くはなかった。食べ物の味を楽しむということを、石神の口も歯も舌も喉も忘れてしまった。

それでも、食べた。吐き気はなかった。麺を飲み込むと、先ほど石神が押しつけたチャーシューの残りを、鈴埜が戻してきた。ほのかに赤く染まったチャーシューに石神はかぶりついた。唐辛子で舌先が焼けるかと思った。

喉が飲み込むのを拒否したが、無理矢理飲み込んだ。たった一杯のラーメンを食べきるのに一時間近くかかり、最後の方は鈴埜が呆れ顔で伸びた麺を処理するのを手伝ってくれた。結局半分近くは彼女が食べた。

「せっかく食べたんだから吐くんじゃないよ」

そのまま帰宅するという鈴埜とは店の前で別れ、石神は会社に戻った。昼間に比べれば随分と静かになったが、編集部にはまだ人が残っていた。

重たくなった胃袋のあたりを摩りながらデスクについた石神は、ジャケットのポケットから封筒を引っ張り出した。鈴埜に遮られたせいで最後の数行を読めていなかった。

便箋を広げ、石神は改めて恵利原柊の手紙を読んだ。


夏の終わり、第二のサリエリ事件の二審が始まり、藤戸杏奈には一審より重い懲役十五年が言い渡された。彼女は控訴しなかった。

同じ頃、石神はサリエリ事件の被害者遺族と加害者家族を引き合わせた。貸し会議室に集まった二組の夫婦は、進行役に促されながら互いの悲しみと憤りと後悔を語り合った。絶対に混じり合えない――磁石のS極同士のように反発し合うだけだと思った二つの家族は、不思議なことに穏やかに対話をした。

誰もが居心地悪そうに聞くのだと雪川夫妻が言っていた雪川織彦の思い出話を、誰よりも深く頷きながら聞くのは、他ならぬ恵利原夫妻だった。

対話を定期的に行いたいという彼らを見送って、進行役を務めたNPOのスタッフに今後を託し、石神はフランス行きの航空券を買った。

藤戸杏奈の裁判から二ヶ月がたった十一月、パリへ飛んだ。

*

演奏と演奏の合間に、石神は劇場の天井を見上げて深呼吸をした。鋭く光るシャンデリアがこちらを睨みつけているように感じた。

後ろの席からフランス語が聞こえてくる。たった今聞き終えた演奏の感想と、次の演奏者のプロフィールを囁き合う声。

次は日本人だ。フランス語はほとんどわからないが、誰かがそう言ったのが聞こえた。

規模こそ小さいが、パリで毎年十一月に開催される歴史あるコンクールだった。数日間の予選とセミファイナルを経て、今日のファイナルには六人のピアニストが出場する。

前半三人が演奏を終え、四人目のピアニストが司会者により紹介された。ケイヤ・モモゾノの名前に、石神はステージに視線を戻す。

ステージに現れた桃園慧也は颯爽とピアノに歩み寄り、椅子に腰掛ける。椅子の高さを調整し、祈りでも捧げるように鍵盤を見下ろして掌を擦り合わせた。

彼と最後に会ったのは、およそ二年前、パリ留学の直前だった。あの頃に比べると、彼は晴れやかな顔をしていた。日本を出て、サリエリ事件から解放され、一人の若く将来有望なピアニストとして、ピアノに向かっている。

ファイナルでは一人あたり四十分の時間が与えられ、その中で自由に選曲してリサイタルをする。パンフレットに掲載された慧也のプログラムは、ショパン一色だった。来年開催されるショパン国際コンクールを見越した選曲なのだろう。

客席のささやかなうごめきが静まり、聴衆の視線が桃園慧也一人に注がれる。彼はそれを心地よさそうに受け止めていた。澄んだ水面に足を浸すような顔で、慧也は鍵盤に触れた。

一曲目は〈マズルカ風ロンド ヘ長調〉だった。異なる旋律を挟みながら同じ主題を幾度となく繰り返すロンドと、ポーランドの民族舞踊マズルカを融合させた、美しく華やかな曲だ。

パリで暮らし始めたことで慧也の中で何か変化があったのだろうか。日本で聴いたときより彼のピアノは色鮮やかで優雅だった。軽快で疾走感があって、気取っていないのにとても洒落ている。

何より、ピアニストがいい顔をしている。彼の視線の先に、マズルカを踊る人々の軽やかなステップが見える。ショパンが生涯にわたり手放すことのなかった祖国ポーランドが見える。

それを感じた途端、洒落たマズルカの中に土埃の香りがした。青く澄んだ低い空の下、平らな大地の乾燥した土の上で踊るマズルカ。それが彼が思うショパンのマズルカなのかもしれない。

二曲目は〈バラード第4番ヘ短調〉。慧也が大学の卒業演奏会で披露した曲だ。〈マズルカ風ロンドヘ長調〉から一転し、静かな和音で始まる。冬の終わり、日に日に風に春の気配が混ざっていくように、音は重なり合うごとに温かさを増していく。

ああ、やっぱり違う。石神は目を閉じて音に集中した。暗闇に響く桃園慧也のピアノは、あの卒業演奏会とは別物だった。まだ二年もたっていないのに、こんなにも人は変わるのか。

サリエリ事件から解き放たれただけではない。彼のピアノは重力を帯びていた。写真でしか見てこなかったものを、初めて肉眼で確認したようだった。存在感と説得力が、あの卒業演奏会の頃と違う。

そうか、この流れで『舟歌』に行くのか。石神はゆっくりと目を開けた。流れるように、三曲目の〈『舟歌』嬰《えい》ヘ長調〉が始まる。ヴェネツィアのゴンドラ漕ぎが歌《うた》うバルカローレをイメージしただけあって、序奏から寄せては引く小波のような浮遊感がある。軽快なリズムなのに、どこか物悲しい。そして美しい。

『舟歌』を作曲した頃、ショパンは持病の肺結核が悪化し、恋人との関係も深刻なものになっていた。そんな中、こんなにも美しい音楽に彼は辿り着く。不安も痛みも孤独も絶望も、美しく昇華させてしまう。絶望は絶望という一色では染まらず、幸福もまた幸福一色では染まらない。表面を撫でれば、さまざまな色が混ざり合って、たまたまそれが幸福になることもある。だから、いとも簡単に、人の歩みは軌道を逸れてしまう。人の感情もまた、持ち主が思い描いた軌道を進んでくれるとは限らず、あやまちや後悔が人生にはつきまとう。

石神の耳元でそう囁き、肩を叩くように『舟歌』は終わる。それでは、俺のあやまちはどうなるのですか？　石神は問いかけた。無邪気に音楽を志して、道を逸れて、志を託した少年はサリエリ事件を起こし、自分が掲載した手記をきっかけに連鎖的に二度目のサリエリ事件が起こった。そのことを、一体誰が裁いてくれるのですか。

桃園慧也は、最後の一曲に臨む前に再び両手を擦り合わせた。息を吸い、吐く。その音が確かに聞こえたし、吸い込んだ息が気管を通り抜ける感覚までが伝わってきた。

最後の〈ポロネーズ第6番変イ長調『英雄』〉——通称『英雄ポロネーズ』が始まる。

石神は深く息を吸った。その瞬間、叩きつけるような和音に、劇場全体が跳ねたような感覚がした。まさに英雄が凱旋するような、力強く躍動感のある出だしだった。

マズルカと並んでポーランドを代表する民族舞踊ポロネーズを、ショパンは何曲も作った。『英雄ポロネーズ』はその代表作だ。〈マズルカ風ロンド〉とはまた違った色彩を伴っている。土の上で歌い踊るのではなく、ポーランドの栄光を高らかに歌い上げる。決して難解ではなく聴きやすい旋律が繰り返され、力強いのに暴力的ではない。

愛国心を込めたポロネーズを、愛国心ゆえにショパンは最も親しみやすい形に落とし込んだのかもしれない。何百年先の世界の、どれほど音楽に詳しくない人間が聴こうとも、彼の誇ったポーランドが届くように。

華々しく歓喜を歌うコーダからは、芳しい香りがした。最後の和音の残響が、劇場の天井に向かって鋭い光を帯びて消えていく。

拍手の中、桃園慧也は客席に一礼した。少し緩んだ頬が、達成感に満ちていた。


六人のファイナリストの演奏は、夕刻に無事終わった。最終審査結果は、二時間後に劇場ロビーで発表される。

客席を出ると、審査結果を待つ人ですでにロビーが混雑していた。ところどころに黒山の人だかりがある。ファイナリスト一人ひとりに取材陣が群がってコメントを取り、ファンがサインを求めている。石神ですら知っている音楽評論家の姿もあった。

ひとしきりロビーを捜し回り、二階へ続く大階段の上に桃園慧也と加賀美希子の姿を見つけた。二人とも、音楽ライターからの質問ににこやかに答えている。サインがほしいのか、それを遠目に眺めている観客が何人もいた。

階段の側にたたずみ、石神は人波が引くのを待った。一人二人とライターが去り、観客が去り、やっと二階が静かになる。

石神が声をかけるより先に、慧也は希子と共にこちらにやって来た。二人の寄り添い方に、恋人同士の何かを感じた。手を繋いでいるわけでも肩を組んでいるわけでもないのに、不思議とわかってしまう。

「お久しぶりです、石神さん」

そう言って、慧也は呆れた様子で肩を竦めた。まだ本番の興奮に浸っているのか、ステージ衣装であるスーツのままだった。隣で希子が「どうも」と鼻に皺を寄せて会釈してくる。コンクール会場に突然現れて歓迎される間柄ではないと、重々承知していた。

「よくわかりましたね。あんなに人がいたのに」

「いや、わかりますよ。石神さん、遠くからでも目立つから」

「お二人とも、素晴らしい演奏でした。私なんかが善し悪しを測るのがおこがましいほどに」

石神の一言に、二人の表情が曇る。こちらが本心から称えているとは到底思っていない、という顔だ。

同時に、一昨年の卒業演奏会で、同じ言葉で二人の演奏を賞賛したことを思い出した。

「そんなこと微塵も思ってないみたいに聞こえますけど」

両腕を組んだ希子が、石神を睨んでくる。ステージでは腕の傷を隠すことなく真っ赤なドレスをまとっていてとても華やかだったのに、濃紺のワンピースに着替えてしまったから、いつもにも増して冷たい印象を受けた。

「本心ですよ。加賀美さんの『厳格なる変奏曲』が、前半の組では最も印象的でした。他の三曲にあえて難易度の高くない曲を組み合わせていたのも、自信にあふれたあなたらしい選曲だったかと。テクニックと音楽性、両方楽しませていただきました」

ふうん、と鼻を鳴らした希子に、石神は小さく一礼する。慧也に視線を移すと、彼の瞬きからうっすらと緊張が伝わってきた。

「桃園さんのショパンコンクールが楽しみです」

「……気が早くないですか」

「いえ、日本人最高位の更新を、私は今から楽しみにしています」

今日の演奏の賞賛の言葉としては、これで十分だと思った。その上で石神は、わざわざパリへとやって来た自分の目的に思いを馳せた。

果たして、自分の行いは、正しいのか。

数ヶ月前、夏の夜に恵利原柊からの手紙を読み終えたときのことを思い出す。あの日から考えに考え、秋になった。慧也と希子の名前をコンクール出場者のリストに見つけて、思い切って渡仏した。

「恵利原柊と手紙のやり取りをしています」

その名前に、二人の表情が強ばる。終わったものを……胸の奥に封じ込めたものをほじくり返される不快感に、眉を顰める。

ジャケットのポケットから封筒を引っ張り出し、中身を広げる。

「桃園さん、あなたはパリへ旅立つ際、『何かわかったら教えてよ』と言いました。手紙を読んで一つ、わかったことがあります。あなたにも関わりがあることです」

手紙を差し出す。「読みますか？」と問いかけた石神に、慧也は目を瞠った。

「俺に？」

「はい、あなたの名前が手紙に出てきました」

やめときなよ、と希子が慧也の肩に手をやった。「考えるのはやめようって、決めたじゃない」と。

それでも、慧也は石神が差し出した手紙から目を離さない。

「読んだ方がいいと、石神さんは思ったから、わざわざパリまで来たんですか」

「いえ、それは桃園さんの自由です。読まないのなら、私の胸にしまいます」

彼は、わかりたいことを、わからないまま封印することにして、日本を旅立った。パリの街で、次の場所に向かって羽ばたこうとしている。そんな彼にこれを伝えるべきなのか。何も知らないまま、彼はショパンコンクールに挑んだ方が幸せなのではないだろうか。パリ行きの航空機の中で、何度そう思ったか。

それでも。

どれだけ封じ込めようとも、〈わかるかもしれない〉という期待に、きっと自分達は逆らえない。凄惨な事件の分岐点に望まずに立たされてしまった、自分達は。

慧也は無言のまま手紙に右手を伸ばした。あれほど見事にショパンを弾ききった指先が強ばって震えている。その指が静かに手紙を開き、視線がぎこちなく柊の直筆を追う。加賀美希子も、何も言わず手紙を覗き込んだ。

「なに、〈ナギ君〉って……」

前半の数行を読んで、希子が顔を上げる。え、あんた？　あんたがナギ君なの？　どういうこと？　とでも言いたげに、石神の顔を凝視する。

いいんだ、そんなことは。重要なのは、手紙の最後だ。

恵利原柊がサリエリ事件を起こした理由を探し回った石神を労い、その期待に応えられなかったことを謝罪し、彼はこう続けたのだ。


ただ、ただ、僕が身勝手なだけだったんだ。卒業演奏会の出番を終えた直後に桃園君と話をしたとき、彼に『雪川がいなかったら特待生は恵利原だったのに』って言われて、頭の中で何かがプチッと切れた。特待生になれたって、大学に行けたかわからないのに。わかっていたのに、プチッといってしまった。

ずっと曖昧だったこのあたりの記憶が、最近徐々に鮮明になってきました。鮮明になるたび、自分の身勝手さを思い知ります。身勝手さから目を逸らして、「雪川が羨ましかった」なんて曖昧なことを繰り返し話してしまったことを、申し訳なく思います。

本当にごめんなさい。


手紙は何度目かの謝罪で終わった。柊がかつて手記の中で「このあたりの記憶は未だに曖昧なのですが」と書いていた部分、「ステージを降りたら殺意の対象が自分以外に向いていました」とぼやかして書いていた部分。サリエリ事件の中で唯一不鮮明だった最後の分岐点が、見えた。

そこには、桃園慧也がいた。

◆桃園慧也

——卒業演奏会の出番を終えた直後に桃園君と話をしたとき、彼に『雪川がいなかったら特待生は恵利原だったのに』って言われて、頭の中で何かがプチッと切れた。

その一文に、堪らず慧也は「え……」とこぼした。指先に長く残っていたファイナルの高揚感が、一瞬で消え失せた。手紙の前半に突然登場した〈ナギ君〉なる人物のことなど、綺麗に押し流されてしまう。

〈マズルカ風ロンドへ長調〉〈バラード第4番へ短調〉〈『舟歌』嬰へ長調〉〈ポロネーズ第6番変イ長調『英雄』〉……全ての興奮が、充実感が、潮が引くように消えてなくなる。

雪川がいなかったら特待生は恵利原だったのに？

「俺、こんなこと」

「言っていないんですか」

慧也が取り落としそうになった手紙を、希子がすっと手に取る。自分の呼吸が震えていることに慧也は気づいた。

「本番が終わって、着替えて、控え室を出たら、恵利原が演奏を終えて戻ってきたんだ」

それで……忘れてしまおうと体の奥深くに呑み込んだ記憶を、掘り返す。こめかみに鈍い痛みが走って、思わず手をやった。

「雪川のチョコレートのジンクスの話を、した」

チョコレートを食べることで、雪川織彦は深い深い集中の海に潜り込む。験担ぎであり、彼が集中するためのルーティーンの一つ。だから、彼は本番で絶対に失敗しない。

俺にもそんな芸当ができたらいいのにと、彼を羨ましく思った。だから、ちょうど顔を合わせた恵利原柊にその話をした。自分の子供っぽい嫉妬と僻《ひが》みを、笑い話と冗談として吐き出した。

「本番前にチョコレートが盗まれたら雪川織彦はどうなるか、試してみるか、って、恵利原に言った。もちろん冗談だった。でも、意地の悪い話だったとは思ってる」

「そのあとは」

慧也の言葉尻に被せるように、石神が問いかけてくる。パリへ旅立つ直前に顔を合わせたときよりも、石神は人間臭い表情をしていた。酷く重たい荷物を抱えた旅人のようだった。

「そのあとは別に……」

試してみる？　と笑いかけた慧也に、恵利原柊はいやいやいやいやと両手を振った。

――ま、大学で頑張るしかないよな。

そうだ。俺は確かにそう言って笑った。雪川織彦は大学の特待生にも選ばれていた。彼と肩を並べるためにも、頑張らなければ。

そう、思った。

ぷつり、ぷつりと口から吐き出される記憶は、不鮮明な部分など何一つなかった。

『じゃあ、先に客席に行ってるから』って、俺は恵利原と別れたんだよ……適当に二、三個、冗談を言って」

適当に、二、三個、冗談を言って？

自分の言葉に自分で驚いて、慧也は目を瞠った。息が震えた。

石神の顔を見上げた。かつては穴ぼこのようだった彼の目に、天井からの白い照明が差して、小さく揺れる。

「ああ、そうか、俺が言ったのか」

瞬きを繰り返しながら、慧也は呟いた。絞りカスのような声をしていた。

「そうだ、俺が、言ったんだ」

どうして忘れていたんだろう。「二、三個冗談を言った」なんて、どうしてそんなさらりとした一言で〈わざわざ説明する必要もないこと〉としてしまったのだろう。

「雪川がいなかったら特待生は恵利原だったのに、惜しかったな、って」

なんでそんなことを言ったのか。直前まで、雪川織彦が特待生に選ばれたことを考えていたから？　だってしょうがないじゃないか。恵利原柊が大学に行けないなんて、そんなこと微塵も思っていなかったんだから。

そうだろう？　なあ、そうだろう？

誰か、そうだと言ってくれよ。

「え、じゃあ、俺が、恵利原の背中を押しちゃったんですか」

縋るように石神を見た。彼は頷くこともなく、首を横に振ることもしなかった。

雪川織彦のチョコレートを盗んだら。そう言ったことは罪悪感と共に覚えていたのに、その後の発言をすっかり記憶していなかったのは、何故だ。恵利原柊の事情を知って、無意識のうちに〈なかったこと〉にしたとでもいうのか。

自分が罪悪感を覚えていたい部分にだけ、都合よく罪の意識を感じて、関係者としての感傷に浸っていただけだったとでもいうのか。

え、え？　繰り返す慧也に、石神が眉を寄せた。この男は、こんな表情もできたのか。

「恵利原柊は、そんなことはないと、そう言いますよ。その手紙で〈ナギ君〉を許したように。周囲の何がきっかけだったとしても、実行した本人に罪があるのだと」

石神が詳細を何も話さないのに、〈ナギ君〉とやらが彼であることだけは、わかった。一体どういう事情が石神にあるのかまるでわからないのに、それだけはわかった。この男は一体、どんな気持ちでサリエリ事件を取材していたのだろう。どんな気持ちで、俺達の話を聞いていたんだろう。

「どうして」

唐突に、隣からか細い声がした。カサカサと乾いた音が続き、希子の手から恵利原柊の手紙が落ちる。絨毯の毛に引っかかり、便箋はそう遠くに飛んでいかなかった。

「あんたじゃん」

希子は慧也を見ていた。パリに留学してから三日にあげず見つめてきた加賀美希子の切れ長の美しい目が、慧也を見ている。

戸惑いながら、困惑しながら。ふつふつとくすぶる、怒りを抱えながら。

やり場のない怒りを悲しみに置き換えながら、それでも足りず怒っている。

「あんたじゃん。最後に、恵利原の背中を押したの」

先ほどの慧也の言葉を繰り返す。慧也が誰かに否定してほしかった言葉を、肯定して投げつけてくる。

「あんたがそんなこと言わなかったら、あんなこと起こらなかったのに。私の腕に傷なんて残らなかったのに」

希子が右腕に手をやる、濃紺のワンピースの下に、傷は変わらず残っている。

それでも、慧也と共にパリに来て二年弱、希子は腕の傷を気にしなくなった。慧也と一緒にいようと、そうでなかろうと。夏は腕の出るデザインの服を着て、ステージにも袖のないドレスで立った。

そうやって、少しずつサリエリ事件から離れていける。そう思っていたのに。

こんなに容易く、戻って来てしまう。

「馬鹿みたい。チョコレートを盗んだら〜なんて話をして罪悪感に浸ってるあんたを慰めた私が馬鹿みたい。事件の関係者になっちゃったから、些細な言動に責任を感じちゃうんだって、そう思ってた私が馬鹿みたい。はっきり書いてあるじゃない。恵利原柊が自分ではっきり言ってるじゃない。あんたの一言でプチッと来たって」

書いてあるじゃない！　叫びながら、希子が慧也の胸ぐらを掴んだ。黒い蝶ネクタイが外れ、慧也の胸元をするすると滑り落ちていった。

「何だよもう。いたんじゃん。ずっとずっと前から、サリエリ事件のきっかけを作った奴は、私のすぐ側にいたんじゃん！」

叫んだ希子のツバなのか、汗なのか、涙なのか。小さな雫が慧也の頬に飛んだ。希子、希子、待って、落ち着いて。揉み合いながら彼女の名前を呼ぶ。どう呼んでも彼女は聞き入れてくれない。心の奥で耳を塞いで、あの日モーニングホールで封じ込めたはずのものを全身から吐き出す。

誰かの言葉が事件のきっかけを作ったのではなく、当人の弱さが、周囲の人の言葉や行動を事件のきっかけにしてしまった。恵利原柊の手紙にそう書いてあったのに、希子の怒りは歪な軌道を描いて慧也に向く。

恵利原柊も、藤戸杏奈も、こうやってクラスメイトを殺してしまったのだろうか。

石神が自分達の間に割って入ってきた。希子を落ち着かせようと何か言ったが、彼の言葉が彼女に届くわけがなかった。石神の腕を払いのけた希子は、慧也に「許さないから！」と叫んだ。

「あんたのこと、私は絶対、許さないから」

どん、と胸を叩かれた。そんなに強い力ではなかったはずなのに、右足がカクンと落ちた。階段の淵を踏み外したのだと気づいたときには、気持ち悪い浮遊感に襲われていた。希子の顔が遠ざかり、天井の白い照明が慧也の視界を被う。

悲鳴が聞こえた。希子の声だった。怒りに燃えていた彼女の顔が、いつもの加賀美希子に戻る。慧也がよく知る、勝ち気で自信家な彼女が戻ってくる。わかっている。そんなつもりはなかったって。なかったんだって。俺はちゃんとわかっている。

石神がこちらに手を伸ばしていた。慧也に触れようとして、体を捻って手首を掴んでくる。指を傷つけないように庇ってくれたのだと気づいた。そのせいで彼は大きくバランスを崩した。

慧也の体を引き上げた瞬間、目の前で石神の体がずるりと滑り落ちていった。彼の靴底が、鈍い音を立てて大理石を擦った。

慧也の代わりに、長身の石神が一階ロビーへと続く大階段を転げ落ちていく。誰かが地の底から彼を強く強く引っぱったように、何十段とある階段を止まることなく落ちていった。二度、三度、何かが潰れてひしゃげるような歪な音が高い天井に響きわたった。

赤い絨毯の上で、石神は動かなかった。長い腕がだらりと床に横たわる。ピアノを弾くのに向いていそうな大きな掌が、天を仰ぐ。

結果発表を待つために一階ロビーで待っていた人が、悲鳴を上げて石神から距離を取った。

彼に駆け寄る人もいるのに、触れる人はいない。

人だかりの中にぽかりと空いた穴の中に倒れた石神の姿はまるで、あの日の雪川織彦だった。羽生ツバメだった。殺された二人の姿を慧也は直接見ていないのに、二人の姿と重なってしまう。

希子が胸を押さえたまま呆然と立ち尽くしている。何か言おうとした彼女を手で制し、慧也は階段を駆け下りた。大理石の階段は硬く冷たく、一段下りるごとに冷や汗が全身を伝った。

「石神さん」

赤い絨毯に黒々とした染みができていた。石神の頭部から染み出て、徐々に大きくなる。群衆の中で誰かが救急車を呼ぼうとしている。

「石神さん」

彼の傍らに屈み込み、肩に触れた。石神の目は開いていた。ゆっくりと、潤んだ瞳がこちらを見上げる。恵利原柊の手紙の中で書かれていた〈ナギ君〉という名前が――石神の風体には到底似合わない柔らかな名前が、その目と重なる。

「事故」

ほとんど動かない唇で、石神は言った。

「これは、事故」

きっとほとんど見えていない目で、慧也を見つめ続ける。石神の長い指が折れて曲がっている。かつてピアノを弾いた指が、明後日の方向に折れて曲がっている。

なのに、石神は微笑んでいた。安堵していた。慧也がぎこちなく頷くと、吐息をこぼすようにはっきりと笑ってみせる。

「三度目なんて、ごめんなんだ」

彼はそう言って、「君は」と呟いた。そのまま静かに口を閉じた。

君は、

君は、

君は、

続きを石神は言わなかった。

・初出
「小説推理」二〇二二年一月号～二〇二三年六月号

額賀 澪　ぬかが・みお

一九九〇年生まれ、茨城県出身。日本大学芸術学部文芸学科卒。二〇一五年に『屋上のウインドノーツ』で第二二回松本清張賞を、『ヒトリコ』で第一六回小学館文庫小説賞を受賞しデビュー。一六年、『タスキメシ』が第六二回青少年読書感想文全国コンクール高等学校部門課題図書に。その他の著書『風に恋う』『沖晴くんの涙を殺して』『転職の魔王様』『世界の美しさを思い知れ』『夜と跳ぶ』などがある。

サリエリはクラスメイトを二《に》度《ど》殺《ころ》す

二〇二四年一〇月二〇日　第一刷発行

著者　額賀 澪
発行者　箕浦克史
発行所　株式会社双葉社
〒162-8540
東京都新宿区東五軒町3-28
電話　03-5261-4818（営業）
　　　03-5261-4831（編集）
http://www.futabasha.co.jp/
（双葉社の書籍・コミック・ムックが買えます）

印刷所　大日本印刷株式会社
製本所　株式会社若林製本工場
カバー印刷　株式会社大熊整美堂
DTP　株式会社ビーワークス

ISBN978-4-575-24775-6 C0093